AF463499

PRIX : 50 CENTIMES

MICHEL LÉVY FRÈRES
2 *bis*, rue Vivienne

LIBRAIRIE THÉATRALE
14, rue Grammont

PRIX : 50 CENTIMES

L'OUTRAGE

DRAME EN SEPT ACTES

PAR

MM. THÉODORE BARRIÈRE ET ÉDOUARD PLOUVIER

Représenté pour la première fois, à Paris, sur le théâtre de la Porte-Saint-Martin, le 25 février 1859

DISTRIBUTION DE LA PIÈCE

JACQUES D'ALBERT (premier rôle jeune).	MM. LAFERRIÈRE.
DE BRIVES, juge d'Instruction	LUGUET.
RAOUL DE BRIVES, } ses fils	TAILLADE.
RAIMOND DE BRIVES, } ses fils	DESRIEUX.
LATRADE, négociant	CHARLY.
LE DOCTEUR LEMARCHAND	BORSAT.
DE BESSIÈRES	ERNEST.
JOSEPH, domestique chez Latrade	MERCIER.
UN DOMESTIQUE, chez Raoul	SOL.
UN DOMESTIQUE, chez Jacques d'Albert	M. SAGEDIEU.
MADAME LATRADE	Mmes MALVAU.
HÉLÈNE LATRADE, sa fille	JUDITH FERREYRA.
JEANNE D'ALBERT, épouse de Raoul	NANTIER.
ARMANDE	LAGRANGE.
MADAME DE LIVRY	BOURDAIS.
MADAME DE CERNEY	FÉLICIE DELAA.
UN DOMESTIQUE, chez Hélène	MORIN.

OFFICIERS DE MARINE, DAMES, INVITÉS, DOMESTIQUES.

MUSIQUE DE M. AMÉDÉE ARTUS. — DÉCORS DE MM. DARAN ET POISSON

ACTE PREMIER

Chez M. Latrade, à Paris. — Un salon; à droite une table de bureau, tout ce qu'il faut pour écrire. Porte au fond, une cheminée dans le pan coupé de gauche; une fenêtre à droite. Portes latérales; fauteuils, chaises; sur le devant à gauche un guéridon; tout près un tabouret.

SCÈNE PREMIÈRE

DE BRIVES, RAOUL, RAIMOND, JOSEPH.

JOSEPH, qui vient d'introduire messieurs de Brives.

Je le répète à ces messieurs, j'ai bien peur que mon maître ne puisse avoir l'honneur de les recevoir, car il est, je crois, en grande affaire avec monsieur Dumont, son caissier.

DE BRIVES.

Veuillez toujours dire notre nom à monsieur Latrade; nous ne le retiendrons pas longtemps, vous annoncerez messieurs de Brives. Pour faire excuser notre insistance, ajoutez, je vous prie, que nous ne sommes plus que pour quelques heures à Paris, et que, ce soir même, nous devons repartir pour Marseille.

JOSEPH, offrant des siéges.

Si ces messieurs veulent bien prendre la peine d'attendre, je vais tâcher de pénétrer jusqu'à monsieur Latrade. (Il entre à droite.)

SCÈNE II

DE BRIVES, RAOUL, RAIMOND.

Pendant ce qui a précédé, Raoul a laissé voir une certaine agitation, regardant à plusieurs reprises par la fenêtre du salon; Raymond, au contraire, a paru plongé dans une profonde rêverie, de laquelle il ne sort qu'à la voix de monsieur de Brives.

DE BRIVES, avec une sorte de gaieté.

Voyons? messieurs mes fils, tandis que nous sommes un instant seuls, me direz-vous à quelle cause surnaturelle se rattachait votre refus de m'accompagner dans cette maison? me direz-vous aussi pourquoi, depuis que nous en avons franchi le seuil, vous êtes, vous, Raoul, aussi agité, et vous, Raimond, aussi rêveur?

RAIMOND.

Mon père, chacun de nous est ici, je crois, ce qu'il est un peu partout.

DE BRIVES, d'un ton paternel.

Non, non, oh! l'on ne trompe pas un juge d'instruction, voyons? auriez-vous quelque raison d'en vouloir à monsieur Latrade?

RAIMOND.

Oh! nullement, mon père!

DE BRIVES.

Et toi, Raoul?

RAOUL.

Oh! par exemple!

DE BRIVES.

Eh bien, alors, d'où venait donc, je le répète, votre répugnance à m'acompagner jusqu'ici?

RAIMOND, souriant.

Mon Dieu! mon père, c'est que Raoul et moi nous avions prévu qu'une fois ici, il nous faudrait, sans doute, nous confesser d'une faute...

DE BRIVES, sévèrement.

D'une faute?

RAIMOND, vivement.

Oh! rassurez-vous, mon père... il s'agit seulement d'un duel.

DE BRIVES, après un mouvement.

D'un duel?

RAIMOND.

D'un duel déjà vieux... Notre faute a été surtout dans le mystère que nous vous en avons fait, mon père... Et si nous redoutions de nous trouver en face de monsieur Latrade, c'est que nous pensions qu'il pourrait bien, sans y songer, trahir le secret de deux étourdis. Monsieur Latrade est un ancien militaire, et le hasard l'a fait servir de témoin dans ce duel.

DE BRIVES.

Et la cause de ce duel? Quelque futilité, sans doute?

RAIMOND.

En effet, mon père.

DE BRIVES.

Et lequel de vous deux se battit?

RAIMOND, péniblement.

Ce fut Raoul, mon père... et...

RAOUL, vivement, en passant au milieu.

C'est-à-dire, mon père, qu'au moment où Raimond allait mettre l'épée à la main pour donner satisfaction d'une parole un peu vive qui lui était échappée, un... mouvement que je déplore, un mouvement... de brutalité que, moi, je ne pus réprimer, vint tout à coup changer l'ordre de bataille; car mon offense était, à cette heure, la plus grave des deux, et j'en devais réparation tout d'abord, sans préjudice d'ailleurs des duels qui pouvaient suivre, et qui heureusement, et grâce aux conseils de monsieur Latrade, ne suivirent pas.

DE BRIVES.

Voilà tout, messieurs?

RAIMOND.

Voilà tout, mon père...

DE BRIVES, regardant Raoul.

Eh bien, vous devez être plus calmes maintenant que votre confession est faite?

RAIMOND.

Mais... en effet, mon père.

DE BRIVES, à Raoul.

Alors, Raoul, pourquoi lit-on encore dans vos yeux la même inquiétude que tout à l'heure?

RAOUL.

Mais, mon père, je vous jure...

RAIMOND.

Voici monsieur Latrade...

Monsieur Latrade paraît, il est triste et abattu.

SCÈNE III

Les Mêmes, LATRADE.

LATRADE. (Il porte le ruban de la Légion d'honneur.)

Monsieur de Brives!... messieurs... (On se salue.) Je vous ai fait longtemps attendre, messieurs, mais quand vous saurez ce qui me retenait loin de vous, vous me pardonnerez, j'en suis sûr.

DE BRIVES.

Eh, mon Dieu! mon cher monsieur Latrade, je vous trouve l'air bien accablé... que vous arrive-t-il donc? Parlez, vous savez mon amitié pour vous.

LATRADE, s'inclinant.

Monsieur de Brives!...

DE BRIVES, continuant.

Amitié qui s'est encore augmentée tout à l'heure, quand j'ai appris de la bouche même de mes fils que l'un d'eux vous devait peut-être la vie.

LATRADE.

Ah! ces messieurs vous ont raconté...

DE BRIVES, lui tendant la main.

Tout, monsieur Latrade, et je vous remercie.

LATRADE, montrant des siéges.

Asseyez-vous donc, messieurs, je vous en prie.

RAIMOND, bas à Raoul, en lui désignant Latrade.

Regarde donc, Raoul, comme il a changé depuis un an.

RAOUL, de même.

C'est vrai. (On s'assied.)

LATRADE, assis près de la table.

Maintenant, monsieur, je vous écoute... Daignez me dire à quelle cause je dois l'honneur de votre visite.

DE BRIVES.

Mon cher Latrade, la voici en deux mots : Vous savez, je crois, que personnellement je suis pauvre, et que je ne laisserai à mes fils qu'un nom pur. Chacun n'a donc que ce qui lui vient de sa mère. Or, je vais marier Raoul, mon fils aîné; c'est dans vos mains que j'ai placé sa part de l'héritage maternel : quatre-vingt mille francs, un peu grossis, peut-être, grâce à vous... je viens vous redemander cet argent.

LATRADE, courbant la tête.

Ah! monsieur! (Un silence.)

DE BRIVES, en se levant, à voix basse.

Qu'est-ce que cela veut dire?... monsieur Latrade, est-ce que vous ne m'avez pas entendu?

LATRADE.

Si je vous ai entendu?... (Avec effort.) Messieurs, en ce moment, le caissier de ma maison arrête ses comptes. Il va savoir si nous pouvons faire face à notre échéance d'après-demain, quinze novembre... si nous ne le pouvons pas... (Il s'arrête comme trop ému.) Si nous ne le pouvons pas, si nous sommes réellement au bout de nos forces...

DE BRIVES, agité.

Si vous êtes au bout de vos forces?

LATRADE.

Mon bilan sera dressé ce soir, et demain, on saura ma faillite. (Il retombe assis.)

DE BRIVES.

Vous! monsieur! vous, en faillite! vous que tout Marseille proclame un modèle de probité!

LATRADE.

Il y a des événements, monsieur, plus forts que vingt ans de probité! Une baisse croissante dans les marchandises de mon commerce a mis la gêne dans ma maison... Trois de mes vaisseaux viennent de périr en mer; la compagnie d'assurances maritime sur laquelle je devais compter a manqué; d'autres faillites, enfin, auront déterminé la mienne.

DE BRIVES.

Ah! mon pauvre Raoul! (Raimond se lève.)

LATRADE, avec douleur.

Ah! j'ai mal fait, pour l'honneur de ma maison de commerce, jadis si florissante là-bas, pour mon honneur à moi, j'ai mal fait de venir fonder et diriger cette maison à Paris. Le bonheur est sédentaire, il ne suit point partout ceux qu'il a visités une fois; on doit demeurer là où on l'a connu... Mais que dis-je?... aujourd'hui en moi le négociant oublie l'homme... Est-ce qu'à Marseille déjà, le malheur ne m'était pas venu... puisque ma fille... Oh! mais pardon, messieurs, je m'égare. (Reprenant.) Bref!... j'ai attendu jusqu'ici... j'ai lutté pied à pied contre mes désastres, espérant de moins en moins faire honneur aux échéances accumulées pour le quinze, et pourtant, résistant encore...

RAIMOND.

Mais, puisque vous attendez, monsieur, c'est que vous avez encore de l'espoir.

LATRADE, au milieu.

Eh! mon Dieu, non, monsieur! j'avoue n'en avoir plus. (De Brives se lève.) Ah! messieurs! les gens du monde ne sauront jamais ce que représentent pour le négociant, pour le banquier, pour l'entrepreneur, une paye d'ouvriers, une livraison, une échéance. (Avec un peu de désordre.) Tous les matins, depuis trois mois, je me trouve de nouveaux cheveux blancs! Aujourd'hui, tout est désespéré, ma femme m'a compris, ma femme a lutté avec moi; sa probité vaut la mienne. Je n'ai pas besoin de vous dire qu'elle abandonne ses droits... Ne m'en laissez pas dire davantage, messieurs; à la pensée de ma femme, je sens les larmes me gagner, vous ne voulez pas que je pleure devant vous!

RAOUL, qui est passé à droite.

Taisez-vous, monsieur! taisez-vous! je ne vous demande rien! (Bas.) Retirons-nous, mon père.

RAIMOND.

Je partagerai avec mon frère, moi, son mariage ne manquera pas. Soyez donc rassuré quant à lui, monsieur.

RAOUL.

Et rayez-moi du nombre des créanciers qui figureront dans votre passif.

LATRADE.

Je ne ferai pas cela, monsieur; en me remettant aux mains de la loi, je lui dois la vérité tout entière. Je ne favoriserai personne, je ne léserai personne, et vous accepterez la part que vous fera la loi.

DE BRIVES, allant à Latrade.

C'est bien, monsieur Latrade; en ce moment votre honneur est encore intact; jurez-moi, sur votre honneur, qu'il n'y a rien eu de coupable dans ce qui aura amené votre faillite, si elle se déclare.

LATRADE.

Je vous le jure, monsieur.

DE BRIVES.

Merci! je saurai demain si vous avez succombé. Je ne pourrai alors, pour vous, rien d'effectif, hélas! mais, du moins, à Marseille, où je vais retourner; à Aix, où j'ai l'honneur d'être fait juge d'instruction, je puis vous défendre contre ceux qui vous accuseront... Je vous défendrai!...

LATRADE.

Ah! monsieur!

DE BRIVES.

Allons, du courage, et adieu!

On se salue. Latrade reconduit MM. de Brives, Joseph entre par la droite.

SCÈNE IV

LATRADE, JOSEPH.

JOSEPH, remettant un papier à Latrade.

Monsieur, de la part de monsieur Dumont.

LATRADE.

Ah! c'est bien; donnez.

Il parcourt le papier. Madame Latrade entre et s'approche de son mari.

SCÈNE V

LATRADE, MADAME LATRADE.

MADAME LATRADE.

Eh bien, Pierre?

LATRADE, lui montrant le papier qu'il tient à la main.

Tout est fini.

MADAME LATRADE.

Mon ami!

LATRADE, laissant tomber sa tête sur l'épaule de sa femme.

Je ne m'en relèverai jamais!

MADAME LATRADE.

Qui sait? l'avenir est grand! nous travaillerons ensemble... Espérons encore.

LATRADE, se dégageant.

Espérer... quoi? (Il est à la table, en regardant le papier qu'il tient à la main.) Tiens! Brave Joseph! il pleurait en me remettant cela!... Nous n'étions donc pas encore assez éprouvés? (Se levant.) C'est quelque chose d'inouï que l'acharnement du malheur à frapper une famille dans laquelle il est une fois entré! C'est fini! c'est bien fini!... Et l'habitude, qui survit à tout, vous fait dire encore: Espérons!... Quoi, maintenant?... Allons! (Il prend une plume, et s'arrête.) Mais je ne pourrai jamais signer cela, moi! (Il jette sa plume.)

MADAME LATRADE.

Tu n'as donc plus de courage, pauvre ami? Ah! je voudrais pouvoir signer à ta place, moi! (Elle tombe à genoux.)

LATRADE, l'embrassant et reprenant la plume.

Tiens! c'est fait! (Avec des larmes.) Ah, mon Dieu!... Non, nous pleurerons plus tard. (Il prend une enveloppe, y place le papier qu'il vient de signer, et cachète. Il sonne; Joseph parait.) Joseph, vous allez porter cette lettre... (Il s'arrête; madame Latrade veut prendre la parole; il reprend d'un ton plus ferme.) Vous allez porter cette lettre à son adresse.

JOSEPH.

Oui, monsieur. (Il avance la main; M. Latrade hésite à lui remettre la lettre, puis il dit:) Allez donc, Joseph!

Joseph sort.

LATRADE, le rappelant avec force.

Joseph!

JOSEPH, rentrant.

Monsieur?

LATRADE, après un court silence.

Rien. Allez! (Joseph disparait. M. Latrade reprend, en regardant la porte.) C'est mon honneur qu'il emporte! Ah! c'est ma vie qu'il devrait emporter!

MADAME LATRADE.

Pierre, nous ne sommes pas seuls au monde!

LATRADE.

C'est vrai.

MADAME LATRADE, allant écouter à la porte de droite, et revenant en scène.

Elle est calme.

SCÈNE VI

LES MÊMES, JACQUES D'ALBERT.

Il paraît, suivi de Joseph, qui semblait vouloir l'arrêter.

JACQUES.

Pardonnez-moi, monsieur, si j'entre ainsi chez vous... un peu malgré ce domestique. Pardonnez-moi, aussi, si mes yeux sont tombés sur cette lettre qu'il tenait à la main!... (Regardant la suscription.) A monsieur le président du tribunal de commerce. Ce doit être la déclaration de votre faillite, n'est-ce pas monsieur, que vous envoyez là?

LATRADE, étonné.

Pourquoi nierais-je aujourd'hui ce que tout Paris saura demain? Mais, monsieur...

JACQUES.

Renvoyez ce domestique. (Sur un signe de Latrade Joseph se retire. Jacques montre madame Latrade.) Madame?

LATRADE.

Ma femme, monsieur!...

JACQUES.

Je puis donc parler devant elle?

Madame Latrade a répondu par une légère salutation au salut de Jacques.

MADAME LATRADE.

Parlez, monsieur.

Elle avance un siége, et après que Jacques s'est assis, Latrade s'assied lui-même; madame Latrade passe à droite.

JACQUES.

Monsieur Latrade, je n'ai pas eu un moment l'intention d'apparaître chez vous comme un protecteur mystérieux dans un drame allemand. Pour ne pas jouer un instant le rôle de généreux inconnu, je vais me permettre de vous dire qui je suis... aussi brièvement que possible.

LATRADE.

Puisque vous le voulez, monsieur!...

JACQUES.

J'ai pour nom Jacques d'Albert. Je descends d'une famille honorable de Marseille. Il n'en reste plus que ma sœur et moi. Comme vous voyez, c'est un compatriote qui a l'honneur d'être en visite chez vous. En mourant, nos parents nous ont légué, avec peu d'argent, les pauvres chers, la chance d'hériter quelque jour, ou jamais, de quelques vieux oncles vieillissant on ne sait où. Je commençai, monsieur, par placer ma sœur dans un honnête pensionnat; puis je regardai autour de moi dans la vie, cherchant un chemin et en trouvant mille. Plus il y a de chemins, plus on se perd aisément. Je me suis un peu perdu; mais je me suis retrouvé dans le travail et l'étude. J'ai voulu être médecin, et d'illustres professeurs me prédisaient déjà un grand avenir, quand, un beau jour, un de ces héritages que je n'attendais guère, tomba dans ma mansarde. Vous pensez bien que je m'empressai de constituer une jolie dot à ma sœur... et je vais la marier, tenez, ma chère Jeanne; oui, au fils d'un magistrat d'Aix... Mais ce n'était pas tout; cet héritage, que d'autres suivirent, fut pour moi le commencement d'une série de prospérités. Partout où je plaçai mon argent, il fructifia; une chance heureuse et inépuisable s'établit dans ma vie. J'eus beau faire folies sur folies, épreuves sur épreuves, je restai riche; enfin, monsieur, je suis devenu très-riche. Ce n'est pas ma faute, non, mais quoi! c'est ainsi! Et je vous prie de ne pas me croire plus bête pour cela!

LATRADE.

Mais je ne vois pas...

JACQUES.

Pardon! j'arrive au but de ma visite; hier, monsieur, j'étais à la Bourse, on parlait devant moi de diverses faillites, les unes récemment connues, les autres près d'éclater. On cita votre maison...

LATRADE.

Quoi! déjà!...

JACQUES.

Quelqu'un exposa votre situation d'une façon très-nette, et qui prouvait votre honnêteté; il vous plaignit d'un air sincère : quelques plaintes plus banales se joignirent à celles-là; puis, sur je ne sais quel bruit de bourse, le groupe se dispersa. Moi, monsieur, moi seul, sans doute, appuyé contre un pilier, je songeai encore à vous. Il faut vous dire que je suis un peu sceptique de ma nature, et que du peu de bien que j'ai semé, je n'ai rien récolté, jusqu'ici, qui dût me convertir. Pourtant, l'hommage librement rendu, devant moi, à votre probité... m'avait frappé. J'y pensais obstinément, et, ma foi, de pensée en pensée, j'en arrivai à celle de me présenter tout bonnement chez vous pour vous dire...

LATRADE.

Pour me dire, monsieur?...

Madame Latrade a relevé la tête et écoute.

JACQUES.

Monsieur Latrade, permettez-moi de mettre dans votre maison la somme qui vous manque aujourd'hui pour continuer vos affaires : je regarde cela comme un placement sûr, puisque j'ai infailliblement la main heureuse.

LATRADE.

Impossible, monsieur!... Vous ignorez que pour faire taire maintenant les bruits qui ont couru, il me faudrait rembourser des créances que j'aurais pu n'acquitter que plus tard? Vous ne savez pas quelle somme il me faudrait...

JACQUES.

Je ne le sais pas, mais je puis bien vite le savoir. (Il reprend l'enveloppe qu'il avait déposée sur la table à gauche, en brise le cachet et en tire le papier qu'elle contient; allant tout de suite aux chiffres.) Passif, un million huit cent quarante-cinq mille francs; actif, un million trois cent quarante-cinq mille francs; différence, cinq cent mille francs. J'avais entendu prononcer un chiffre approchant, monsieur; il y a dans ce portefeuille, en traites et bons sur le trésor, la somme qui vous manque... ne la refusez pas.

Latrade se lève.

LATRADE.

Mais, monsieur, comment voulez-vous que j'accepte?

JACQUES.

Comment? mais je veux que vous acceptiez comme j'offre, monsieur Latrade : simplement.

LATRADE.

Mais c'est un rêve!

JACQUES.

Non pas! Rien n'est plus réel. C'est un placement que je fais, encore une fois; vous voyez qu'il n'y a rien de plus positif.

LATRADE.

Non! non! je ne puis... je ne dois pas..

JACQUES.

Madame Latrade, daignez dire à votre mari qu'il peut et doit accepter!

MADAME LATRADE, se levant.

Pierre, tout à l'heure tout était fini, et je te disais encore : « Espérons. » Quoi ? demandais-tu. C'est Dieu, mon ami, qui te répond : Un miracle! Tu n'as pas le droit de repousser l'intervention de Dieu.

LATRADE, après un silence.

Allons, monsieur, j'accepte!

JACQUES, lui remettant le portefeuille.

Je vous en remercie, monsieur.

Il déchire le bilan.

MADAME LATRADE, d'une voix entrecoupée en tendant la main à Jacques.

C'est bien, monsieur, c'est bien.

Elle va écouter à gauche et disparaît un instant.

LATRADE, après avoir serré le portefeuille dans le tiroir de son bureau.

Mais quelle garantie puis-je vous offrir?

JACQUES.

Ah! vous êtes donc plus sceptique que moi?

LATRADE.

Hé bien, écoutez-moi, monsieur! Vous savez que la loi déclare le failli *mineur et incapable de tout acte légal, civil et civique*; demain donc je n'existais plus : pour ne pas compromettre sur un homme mort à l'honneur social ce signe de vie glorieux (il montre son ruban), je me préparais à le quitter... Puisque je vais n'avoir plus qu'un créancier, vous, monsieur, prenez ce ruban; le jour où je ne vous devrai plus rien, vous me le rendrez.

JACQUES, le prenant avec émotion.

Soit, monsieur, quoiqu'en ce moment même vous méritiez bien de porter cela devant tous. J'accepte, et je regarderai souvent ce ruban... cette rançon de l'honnête homme, pour apprendre tout le prix qu'il faut mettre à l'honneur... Votre main, monsieur Latrade. (Madame Latrade reparaît.) Adieu, madame.

LATRADE, donnant la main à Jacques et le reconduisant.

Au revoir, monsieur d'Albert!

JACQUES, sur le seuil.

Oui, au revoir! (A ce moment, on entend quelques roulades sortir de la chambre voisine. Mouvement de monsieur et de madame Latrade, qui marque leur désir de se trouver seuls. Jacques s'arrête indécis, regardant alternativement monsieur Latrade et sa femme, immobile et le front penché; puis, comme prenant brusquement une decision) Encore un mot, monsieur, si vous le voulez bien? (Ils redescendent la scène.)

LATRADE.

Parlez!

JACQUES.

Je vais commettre une indiscrétion grave et bien coupable de ma part en ce moment!... mais... je ne puis me défendre de la commettre.

LATRADE.

Parlez donc.

JACQUES.

Ah ça, voyons! je viens, n'est-ce pas, de vous... Eh! mon Dieu! c'est bien difficile à dire.

LATRADE.

Vous venez de nous rendre le plus grand de tous les services, monsieur!

JACQUES.

Le plus grand? Non! mais un service assez réel, du moins, pour que je me sente joyeux de vous l'avoir rendu... Vous, monsieur, vous n'en avez vraiment pas l'air beaucoup plus satisfait; il me semble lire presque autant de tristesse sur votre visage!... Madame pleurait quand je suis entré ici, et elle pleure encore... Pourquoi donc cette tristesse obstinée, pourquoi ces larmes?

LATRADE, passant à droite.

C'est que... c'est là notre état ordinaire, à nous.

JACQUES.

Vous ne m'avez donc pas tout révélé? Qu'est-ce que cela veut dire?

LATRADE, qui a passé à droite.

Cela veut dire, monsieur, qu'il y a des malheurs dont cinq cent mille francs pas plus que cinq cents millions ne peuvent diminuer l'étendue; oui, monsieur, oui, mon ami. (Il s'assied.) Je suis triste et ma femme pleure, c'est un beau jour pourtant, ce jour où vous me sauvez l'honneur! Il y aura un jour encore plus beau, c'est celui où je serai quitte envers vous, où ma croix me sera rendue, et ce jour-là vous verrez ici encore autant de tristesse et autant de larmes!...

JACQUES.

Mais quel est donc le malheur qui fait cela? ne me le direz-vous pas?

MADAME LATRADE, voyant s'ouvrir la porte, à droite.

Vous voulez le savoir, monsieur, regardez.

SCÈNE VII

LES MÊMES, HÉLÈNE.

Elle est vêtue de blanc et sans aucun apprêt; ses cheveux sont tordus simplement. Elle a le regard fixe et élevé, un sourire presque joyeux erre sur ses lèvres; elle s'approche du guéridon, feuillette un album, le laisse; puis, tout à coup, elle s'élance, passe devant Jacques sans le voir, et, semblant changer d'idée, va à la cheminée en souriant, se mire longtemps et arrange ses cheveux.

JACQUES, l'admirant.

Oh! la pure et ravissante jeune fille!

MADAME LATRADE, qui est assise au fond, à Hélène, à demi-voix.

Hélène, ma fille!...

HÉLÈNE, se penchant à son oreille.

Quelle année?

MADAME LATRADE.

Que demandes-tu, mon ange?

HÉLÈNE, souriant.

C'est toujours le soir qu'elles s'ouvrent, ces fleurs-là.

MADAME LATRADE, avec des larmes dans la voix.

Oui...

HÉLÈNE, joyeuse.

Ah!...

JACQUES, l'admirant.

Grand Dieu! est-ce que?... ah! pauvre enfant!...

LATRADE, qui a pris Hélène dans ses bras.

Souffres-tu, ma fille?

HÉLÈNE, regardant dans le vague.

C'est de la neige... Ah! non... non... ce sont des acacias en fleurs.

LATRADE, pleurant malgré lui.

Veux-tu m'embrasser?

HÉLÈNE, le repoussant.

Secoue l'arbre!... (Tristement.) Ah!... ils sont envolés... (Elle s'approche de Jacques, qui est à gauche.) Tiens, te voilà revenu? Bonjour, mon frère Paul! C'est mon frère Paul qui est mort tout jeune. Comme te voilà grand!... On grandit donc, quand on est mort? Autrefois, je me baissais pour t'embrasser, et maintenant... (Elle l'embrasse, avec un rire de folie.) Tu ne nous quitteras plus... Tu resteras avec lui... qui est si triste. (Elle montre son père, puis elle s'approche de lui, et joue avec la boutonnière de son habit.) Tiens, où est donc la petite fleur rouge que tu avais là? Est-ce que tu l'as perdue?

LATRADE.

Mon enfant!

JACQUES, la contemplant.

Je ne me souviens pas qu'aucune femme ait parlé aussi soudainement aux admirations de mon cœur. Et moi qui, en partant, croyais vous laisser heureux! Ah! pauvres gens! Apprenez-moi donc, du moins, comment cet affreux malheur est arrivé, et ce qui l'a causé?

MADAME LATRADE.

Ah! monsieur, nous ne l'avons jamais su.

Hélène est allée à gauche s'asseoir sur un petit tabouret près du guéridon.

LATRADE.

Je vais vous le dire : c'était en été, le neuf juillet mil huit cent cinquante, un vendredi, il y a maintenant plus d'un an. Nous habitions notre bastide, dans les environs de Marseille. Ma femme et moi nous passions la soirée à une lieue de là. Comme c'était chez un magistrat, que précisément j'ai revu aujourd'hui même, Hélène, craignant un plaisir... trop grave, avait demandé à rester dans sa chambre. Elle s'y retira donc. On l'entendit quelque temps, dans le calme ordinaire de la bastide, étudier à son piano une romance qu'elle aimait, et cessa de chanter, a-t-on pensé, quand le sommeil lui vint. Nous rentrâmes un peu tard; tout était muet dans la maison, et nous ne songeâmes point à frapper chez Hélène. Le lendemain, quand sa mère alla pour l'embrasser, Hélène était telle que vous la voyez, et, depuis, son état n'a pas changé. Voilà notre secret, monsieur.

JACQUES.

Mais la science...

MADAME LATRADE.

Elle est restée impuissante dans tout ce qu'elle a tenté.

JACQUES.

Oh!... la science!... Pauvre enfant! pauvre adorable enfant! Quel charme pour moi dans ce sourire! dans ce regard qui semble sonder le ciel! Mon Dieu! comment la folie a-t-elle pu pénétrer dans ce front si riche et si pur? Quelle noble femme c'eût été! Elle eût été la mienne, madame, car jamais, non, jamais je n'ai rencontré rien de si bien né pour moi, pour mes aspirations, pour mon bonheur! et plus je la regarde, plus je sens que je l'aurais aimée.

HÉLÈNE, à Jacques, lui faisant signe d'approcher.

Viens donc, mon frère. (Elle se penche vers lui; sa mère l'attire doucement à elle.)

JACQUES.

Monsieur Latrade, voulez-vous me confier le soin de sa guérison?

LATRADE.

Comment?

MADAME LATRADE.

Vous la guéririez?

JACQUES.

Peut-être... Ne vous ai-je pas dit que j'avais étudié la médecine? Eh bien! je vais reprendre mes études, et je vous jure que je la guérirai... oui, j'arracherai cet esprit aux ténèbres, je rallumerai la flamme sur ce front, je ressusciterai cette enfant pour vos tendresses et pour mon amour, et quand je lui aurai rendu la raison, dites, monsieur, m'accorderez-vous la main de votre fille?

LATRADE.

Ah! (Après un silence.) Faites donc, monsieur... je vous confie Hélène... et bon espoir... mon fils.

JACQUES, avec transport.

Ah! vous avez dit... (S'arrêtant et reprenant dans son sein le ruban qu'il y avait caché.) Oui, je serai votre fils, et comme cela est certain, et comme je ne veux pas qu'un seul instant mon père cesse d'être honoré, comme il a été honoré jusqu'ici... Reprenez, monsieur, votre beau signe d'honneur. (Il le replace lui-même.) Moi, j'ai tout simplement payé une dette de famille.

MADAME LATRADE, lui tendant la main.

Jacques d'Albert, je vous aimerai autant que mon Hélène.

JACQUES, lui montrant Hélène, qui s'est endormie.

Elle dort! (A voix basse.) A demain, ma mère!

Il lui baise la main.

MADAME LATRADE.

A demain, mon fils!

JACQUES, à tous les deux.

A demain!

Il remonte jusqu'au fond.

ACTE DEUXIÈME

Dix-huit mois après le premier acte, à Paris, chez Jacques d'Albert. Un boudoir à pans coupés : dans celui de droite, une fenêtre, dans celui de gauche, une cheminée. Porte au fond, ouvrant sur un grand salon. Portes latérales : celle de droite conduit à la chambre nuptiale. Canapé de chaque côté, tables de jeu, fauteuils, chaises.

—

SCÈNE PREMIÈRE

ARMANDE, MADAME LATRADE, assises sur le canapé de gauche; DE BESSIÈRES, assis, ainsi que quelques invités, autour d'une table de jeu du même côté, MADAME DE LIVRY et des Dames sont assises à droite. D'autres invités sont assis au fond, quelques-uns debout. Entrent plus tard MADAME DE CERNEY, ensuite LE DOCTEUR LEMARCHAND.

Au lever du rideau, les personnes assises en groupes dans le premier salon sont tournées vers le second, à la porte duquel des invités se tiennent, le dos tourné au public. On écoute la symphonie qui s'exécute dans le second salon.

REFRAIN EN CHŒUR.

Musique d'AIMÉ MAILLART.

Vive Marseille, où tout flamboie!
Séjour de joie,
Pays vermeil!
Où de toute âme
L'amour en flamme
S'allume au gai soleil!

I

Ainsi que des beautés riantes,
Où vont les regards désireux,
Il est des villes attrayantes,
Dont le soleil est amoureux.

Vive Marseille, etc.

II

C'est toi qu'il aime, toi qu'il dore,
Marseille! ô toi, notre cité!
L'hiver, il te prodigue encore
Les mêmes feux qu'aux jours d'été.

Vive Marseille, etc.

Applaudissements au fond et à la porte du salon. Quelques-uns des jeunes gens disparaissent par le fond.

MADAME DE LIVRY.

Mais c'est charmant!... Qu'est-ce que c'est donc que cela?

MADAME LATRADE.

Une sérénade provençale, exécutée par quelques-uns de nos jeunes compatriotes.

DE BESSIÈRES, qui s'est levé, à madame Latrade.

Mais cet air, je le connais... n'est-ce pas celui que l'on entend souvent, le soir, quand on revient des bastides?

MADAME LATRADE.

Précisément.

MADAME DE CERNEY, entrant.

Ma chère madame Latrade, vos jeunes Marseillais ont un

succès fou avec leur sérénade !... Tous nos Parisiens veulent l'apprendre.

MADAME LATRADE.

Vraiment?...

MADAME DE CERNEY.

Et, en ce moment même, ils prennent déjà des leçons... (Le chœur reprend.) Tenez!... les entendez-vous?... Ils ne vont plus jamais chanter que ça... d'ici à demain.

MADAME LATRADE, à Bessières.

Une noce, sans la plus petite contredanse, c'est un peu triste pour ces dames, pour votre femme, monsieur de Bessières; mais quoiqu'un an se soit passé depuis la mort de monsieur Latrade, mon mari, je vous avoue que je n'aurais jamais pu me décider, même pour le mariage de ma fille, à...

ARMANDE.

Le sentiment qui nous prive d'un plaisir est trop respectable pour que la plus mondaine d'entre nous puisse vous en vouloir.

MADAME DE LIVRY, venant au milieu.

C'est vrai cela. Mais cependant, ma chère madame Latrade, tous les deuils ont un terme.

MADAME LATRADE.

Cela dépend des êtres que l'on a perdus... demandez plutôt à ma pauvre petite Hélène, dont le cœur bat pourtant de joie en ce moment sous sa robe de mariée, demandez-lui si elle n'a pas pleuré en quittant sa robe noire. Je vous jure que bien longtemps encore il y aura des larmes dans son sourire.

ARMANDE, qui s'est levée.

Messieurs de Brives n'ont donc pas pu assister au mariage de votre chère enfant?

MADAME LATRADE.

Hélas ! non. La femme de monsieur Raoul, la sœur de monsieur d'Albert, est devenue mère depuis peu de temps, et n'est pas encore assez remise pour pouvoir voyager...

Le docteur Lemarchand paraît au fond.

LE DOCTEUR.

Bonsoir, ma chère madame Latrade.

MADAME LATRADE.

Bonsoir, docteur.

LE DOCTEUR.

Eh bien! a-t-on des nouvelles de monsieur de Brives, le père?...

Il prend un siége et s'assied près de madame Latrade.

MADAME LATRADE.

Il a été souffrant, il va mieux, mais sa famille n'a pas voulu le quitter... Vous avez vu ma fille, cher docteur?...

LE DOCTEUR.

Certainement, je l'ai vue; je viens de lui serrer la main, elle va bien, très-bien... et cependant, vous le dirai-je, ma chère madame Latrade? sa mélancolie m'inquiète encore, je voudrais que l'on tâchât de dissiper les derniers nuages qui obscurcissent encore ce beau front.

ARMANDE.

Voyons, que compte faire monsieur d'Albert, maintenant?...

MADAME LATRADE.

Il veut retourner en province, où je désire moi-même me retirer.

LE DOCTEUR.

Il a raison, l'air natal achèvera ce que monsieur d'Albert a si miraculeusement commencé!

Quelques invités se lèvent.

DE BESSIÈRES.

Et partiriez-vous bientôt?...

MADAME LATRADE.

Mais, dans peu de temps, je crois.

MADAME DE CERNEY.

Dans peu de temps... c'est charmant... nous nous retrouverons tous là-bas, à Marseille.

LE DOCTEUR.

En effet, et je serai bien heureux de voir la guérison vraiment complète. Au reste, monsieur d'Albert, qui a su rendre à votre fille sa raison tout entière, saura bien certainement aussi lui rendre toute sa santé.

Il se lève.

MADAME LATRADE.

Je l'espère. (Paraissent au fond Jacques et Hélène.)

DE BESSIÈRES.

Ah! voici monsieur et madame d'Albert.

(On se lève.)

SCÈNE II

LES MÊMES, JACQUES, HÉLÈNE.

LE DOCTEUR.

Mais venez donc, chère enfant, que l'on vous voie!

MADAME DE CERNEY.

Savez-vous que vous êtes jolie à désespérer?...

ARMANDE.

Quelle adorable toilette!... Et comme cette couronne blanche va bien à ce front si pur!

HÉLÈNE, s'inclinant.

Mesdames... (A part.) Mais où donc ai-je entendu ce chœur qu'ils chantaient là?

Elle passe à droite.

JACQUES, à Hélène.

Qu'avez-vous donc?

HÉLÈNE, se remettant.

Oh! rien.

Un Domestique entre par la gauche, et va parler bas à madame Latrade.

MADAME LATRADE.

Mesdames, on m'annonce que le souper nous attend...

MADAME DE CERNEY, à Hélène.

Venez-vous?

JACQUES.

Nous allons vous rejoindre.

MADAME DE LIVRY, à madame de Cerney.

C'est gentil à voir, ces amoureux!

MADAME DE CERNEY.

Oh! oui... je meurs de faim.

Tout le monde sort.

DE BESSIÈRES.

C'est comme moi... en jouant tout à l'heure, j'ai gagné... de l'appétit... Allons...

Il sort.

MADAME LATRADE, qui causait avec Hélène.

Reviens-nous bientôt, mon enfant...

HÉLÈNE.

Oui, ma mère...

MADAME LATRADE.

Vous le permettrez, n'est-ce pas, monsieur, vous, son maître et seigneur?...

JACQUES, la reconduisant.

Dites : son tyran.

MADAME LATRADE.

A bientôt...

Tout le monde est sorti. Jacques lui baise la main, elle sort.

SCÈNE III

JACQUES, HÉLÈNE.

JACQUES, l'attirant à lui. Ils s'asseyent sur le canapé de gauche.

J'avais envie de chercher querelle à tous ces gens qui semblaient prendre à tâche de nous séparer... Je puis donc te regarder tout à mon aise! (Après un silence.) Tourne vers moi ton œil doux et calme.

HÉLÈNE.

Eh bien, regardez-moi, regardez votre ouvrage, mon ami, car je suis votre ouvrage. Dieu m'avait repris ma raison, mais il s'est attendri à vos efforts et il me l'a rendue!... C'est à vous que j'ai dû de pouvoir recueillir les dernières paroles de mon pauvre père, c'est à vous que je dois de comprendre à cette heure ce qu'il y a de bonheur à entendre ces deux mots : Je t'aime!

JACQUES.

Je t'aime!... oh! chère âme! j'étais bien sûr, moi, que je te guérirais!... Oh! si tu savais les heures désolées que j'ai passées à épier, en vain, un éclair de raison dans tes yeux! Et puis, après, mes déceptions de chaque jour, pendant ces trois mois où cette lueur n'a fait constamment que briller et s'éteindre; car, parfois, à force de te parler, de te sourire, je contraignais ton regard à se fixer tranquillement sur le mien. Tu me souriais même. J'espérais alors! Et tout à coup, ta pauvre âme retombait dans son chaos; mais un jour enfin, où brisé, découragé, j'allais peut-être renoncer à la sainte tâche que je m'étais imposée, un jour, où j'étais seul, abîmé dans mes pensées et pleurant, je sentis une main qui se posait sur la mienne, je levai les yeux, tu étais devant moi, me regardant avec une sorte de pitié. (Elle tombe doucement à genoux devant lui.) — « Qui êtes-vous, monsieur? me demandas-tu doucement, qui êtes-vous?... Et pourquoi pleurez-vous?... Je restais muet, immobile, me croyant le jouet d'une illusion; alors, tu repris plus doucement encore : Un grand malheur vous a-t-il donc frappé?... la fortune vous a-t-elle trahi?... avez-vous besoin d'appui ou de consolation?... dites-le-nous, monsieur, disposez de mon père, de ma mère et de moi. » Et comme mes larmes redoublaient à la pensée terrible que ce nouvel espoir allait peut-être s'évanouir encore, tu t'assis auprès de moi, ta main séchant mes pleurs et ta bouche murmurant toujours des mots de tendresse et de charité. Je ne pouvais plus douter, le ciel avait fait un miracle. La raison t'était revenue, et j'étais fou, à mon tour, de reconnaissance, de joie et d'amour. (Elle se relève tout doucement. Ils descendent à l'avant-scène.)

HÉLÈNE, tendrement.

Jacques!....

JACQUES.

O le beau jour! le beau jour! toutes les douleurs passées furent oubliées : c'était une ivresse générale, ton père riait et pleurait, ta mère t'embrassait follement, et tu ne comprenais pas toi... tu ne te souvenais pas...

HÉLÈNE.

Non, il me semblait que j'avais dormi... que j'avais rêvé et je ne pouvais pas... et je n'ai jamais pu me rappeler mon rêve. Et cependant, je vous l'ai déjà dit, je sens là qu'il y a derrière moi, dans le passé, quelque chose qui m'échappe, quelque chose qui se rattache à ce jour où ma raison s'est envolée.

JACQUES.

Terreur d'enfant, d'enfant nerveuse, mon Hélène; tu étais seule, m'a-t-on dit, ta fenêtre était ouverte, une chauve-souris... quelque hibou, sera peut-être entré dans ta chambre pendant ton premier sommeil, et au moment où tu te réveillais, s'échappant de tes rideaux, il aura effleuré ton front de ses ailes glacées.

HÉLÈNE, frappée de cette idée.

Attendez donc! ma fenêtre ouverte... oh! non, non!... et cependant...

JACQUES.

Voyons, ne cherche pas! ne te creuse pas la tête, cela te ferait mal; et pourquoi?

HÉLÈNE.

Du mal? oh! que non! Il n'y a pas de danger, je suis forte maintenant, j'ai toute ma.... (Revenant à son idée.) C'est étrange cette pensée qui vous est venue là!...

JACQUES.

Quelle pensée?

HÉLÈNE.

Ce hibou qui... oh! cela me donne le frisson.

JACQUES.

Tu vois bien. Allons, oublie cela, (avec amour) regarde-moi... Pourquoi donc me plaisez-vous tant, madame?

HÉLÈNE.

Vilain malhonnête!

JACQUES avec passion.

Oh! chère ange! montre-moi tes mains, donne-les à mes lèvres.

Hélène lui tend ses deux mains en riant. Jacques les couvre de baisers.

JACQUES.

Les beaux cheveux!...

HÉLÈNE.

Ils sont déjà tout défaits. Tenez, ma couronne ne tient presque plus.

JACQUES, souriant.

Elle tiendra encore assez longtemps. (Une demi-heure sonne.) Écoute plutôt.

HÉLÈNE.

Comment?

JACQUES, à demi-voix.

Il est onze heures et demie.

HÉLÈNE, avec pudeur.

Jacques!

JACQUES.

Oh! dans notre belle Provence, nous serons bien heureux.

HÉLÈNE.

Vous tenez donc, décidément, à y retourner?

JACQUES.

Cela te contrarie?

HÉLÈNE, distraite.

Oh! non; d'ailleurs, ma mère veut y aller vivre.

JACQUES.

Tu verras notre jolie retraite. Tiens, elle doit être toute préparée maintenant; nous donnerons des fêtes, une du moins, pour notre installation. Mais nous serons plus souvent seuls, n'est-ce pas?... seuls avec notre amour.

HÉLÈNE.

Oui, oui, nous serons bien heureux.

JACQUES.

Ah! madame! vous êtes à moi, votre mère ne sera plus tout pour vous. Elle seule, jusqu'à présent, a posé ses lèvres sur votre front, et maintenant..... (Il se penche pour l'embrasser. Elle fait un mouvement d'effroi.) Pourquoi donc viens-tu de tressaillir?

HÉLÈNE.

Je ne sais pas, je pense malgré moi... à ce que vous disiez tout à l'heure.

JACQUES.

Enfant!

La symphonie est terminée depuis quelque temps déjà; en ce moment, un chœur, en sourdine, est repris dans les salons du fond.

HÉLÈNE, frappée.

Encore cet air!

JACQUES.

Eh bien! oui, cet air provençal que l'on a chanté tout à l'heure!

HÉLÈNE.

Mais, je le reconnais maintenant... oui, je savais bien (en passant à droite), je l'ai déjà entendu... Le soir de... des voix le chantaient en passant sous ma fenêtre... elles se sont éloignées peu à peu... puis elles se sont éteintes tout à fait; et.. c'est alors... c'est alors... (Elle passe sa main sur son front.) Je ne sais plus....

JACQUES.

Voyons! ma bien-aimée, je t'en supplie, oublie tout cela, oublie cette chanson, et songe que nous sommes seuls, et que je t'aime. Est-ce que tu ne m'aimes pas, toi?

HÉLÈNE, tendrement.

Oh! si, si, je vous aime!

Elle prête l'oreille malgré elle.

JACQUES, riant.

Voyons, n'écoute plus, je ne veux plus que tu entendes cet air.

Il lui met en souriant les mains sur les oreilles. Hélène fait un mouvement.

HÉLÈNE.

C'est plus fort que moi, et le souvenir de...

JACQUES, riant toujours.

Ne parle plus! ne parle plus!

Il lui met la main sur la bouche, Hélène pousse un cri, et lui arrache la main.

JACQUES, inquiet.

Mais, mon Dieu! qu'as-tu donc?

HÉLÈNE, comme énervée.

Je ne sais pas. (A part.) Mais cette nuit-là... une main s'est posée ainsi sur ma bouche... Oh! mais non! mais non!

JACQUES, se rapprochant.

Hélène! mon Hélène! (Elle passe vivement à gauche.) Pourquoi me fuir?... reste là, près de moi, de ton mari, de ton amant, qui t'aime... (A ce dernier mot d'amant, Hélène le regarde et semble poursuivre une idée. Minuit sonne.) Minuit!... (Le chœur a paru s'éloigner peu à peu. Il s'éteint tout à fait.) Hélène! ma femme... si tu le veux, nous ne rentrerons pas dans les salons... (L'attirant doucement du côté de la chambre.) Viens, viens... (Il la prend dans ses bras.)

HÉLÈNE, troublée.

Non, non!

JACQUES.

Je t'en supplie!...

HÉLÈNE, résistant.

Jacques!

JACQUES, riant.

Ah! je suis plus fort que vous, madame. (Il la prend dans ses bras pour l'embrasser, et la soulève presque de terre. Hélène, aux dernières paroles de Jacques, l'avait regardé avec une sorte d'égarement. A son action, elle pousse un cri étouffé, s'enfuit de l'autre côté du salon et tombe sur le canapé. A part et d'un ton étranglé par la terreur.) Oh! je me souviens!... je me souviens!

La porte du fond s'ouvre, et madame Latrade paraît.

SCÈNE IV

LES MÊMES, MADAME LATRADE.

MADAME LATRADE, entrant.

Mon cher Jacques, tous nos amis commencent à se retirer; quelques-uns, plus indiscrets que les autres, ont témoigné le désir de vous serrer la main avant leur départ.

JACQUES.

C'est bien, j'y vais, ma mère.

HÉLÈNE, à part.

Ah! mon Dieu! mon Dieu!

MADAME LATRADE.

Qu'y a-t-il donc?...

JACQUES, à demi-voix, à madame Latrade, et en souriant.

Les terreurs de l'enfant ont encore besoin des caresses de la mère, je vous la confie... une dernière fois.

MADAME LATRADE.

Allez...

SCÈNE V

HÉLÈNE, MADAME LATRADE.

MADAME LATRADE, qui s'est assise à côté d'Hélène sur le canapé.

Eh bien! Hélène...

HÉLÈNE, tressaillant.

Ma mère !

MADAME LATRADE.

Oui, mon enfant, encore moi, toujours moi, car je ne puis me décider à partir... Qu'as-tu donc?...

HÉLÈNE.

Oh! rien.

Elles se lèvent.

MADAME LATRADE.

Chère Hélène, voici la chambre sur le seuil de laquelle je vais bientôt te dire adieu.

HÉLÈNE, à part.

Oh ! c'est horrible ! horrible !...

MADAME LATRADE.

Eh quoi ? tu pleures ? Allons ! allons ! nous ne nous quittons pas pour toujours, j'espère bien que j'aurai encore ma place dans ton cœur ?

HÉLÈNE, après un mouvement, à part.

Que faire ?

MADAME LATRADE, l'entourant de ses bras.

Chère petite, sois tranquille, quand je ne serai pas là, je prierai pour toi, et Dieu, qui entendra ma voix, exaucera mes vœux ; le bonheur viendra s'asseoir pour toujours à ton foyer.

HÉLÈNE, à part.

Le bonheur !... Oh !

Elle baisse la tête.

MADAME LATRADE.

Je te bénis, ma fille !...

HÉLÈNE, à part, se relevant et avec honte.

Une bénédiction ! une bénédiction sur moi !

MADAME LATRADE.

Mon Dieu !... mais tes mains sont glacées, tu frissonnes ? Il y a comme de l'effroi dans tes yeux. Tu me fais peur, Hélène.

HÉLÈNE, cherchant à se remettre.

Excuse-moi, ma mère... oui... je suis un peu souffrante !...

MADAME LATRADE.

Eh bien ! rentrons chez toi... viens.

Elle veut la conduire vers la chambre.

HÉLÈNE, résistant.

Non, non, je n'entrerai pas là !

MADAME LATRADE, étonnée.

Que dis-tu ?

HÉLÈNE, avec égarement.

Je dis que je ne franchirai pas le seuil de cette porte !

MADAME LATRADE.

Mais tu ne songes pas à ce que tu dis, Hélène !... (Frappée d'une idée.) Ah ! mon Dieu ! te repentirais-tu d'avoir uni ta vie à celle de Jacques? Est-ce que tu n'aimerais pas monsieur d'Albert ?

HÉLÈNE.

Moi, ma mère ! pouvez-vous me demander cela ?

MADAME LATRADE.

Eh bien ! alors...

HÉLÈNE, éperdue.

Ma mère !...

MADAME LATRADE, l'attirant doucement.

Allons, viens.

HÉLÈNE, s'échappant, et tombant assise à droite.

Non, non, encore une fois, je ne franchirai pas cette porte, ou bien je mourrai après l'avoir franchie.

MADAME LATRADE.

Hélène !...

HÉLÈNE, à part, en se levant, et comme frappée d'une idée soudaine.

Mourir !... oui, il faut mourir !

MADAME LATRADE.

Ma fille !...

HÉLÈNE, cherchant à se remettre.

Pardon, pardon, ma mère, vous avez raison... (Essayant de sourire.) Je ne sais ce que je dis... mais j'ai la fièvre, voyez-vous... j'ai besoin d'être seule quelques instants... j'ai besoin de me recueillir, de prier... Laissez-moi, ma mère, vous reviendrez tout à l'heure.

MADAME LATRADE.

Mais...

HÉLÈNE.

Oh ! soyez sans inquiétude... je suis plus calme... vous voyez bien... Allez, allez, ma mère !

MADAME LATRADE.

A tout à l'heure.

SCÈNE VI

HÉLÈNE, seule, puis MADAME LATRADE, LE DOCTEUR, ARMANDE, INVITÉS, ensuite JACQUES.

HÉLÈNE, après avoir jeté un regard vers la fenêtre, et tombant à genoux.

Mon Dieu ! mon Dieu ! mon Dieu ! pardonnez-moi !... pardonnez-moi, mon Dieu !... mais il faut bien que je meure !... il faut bien que Jacques puisse me pleurer !... Pardon, mon Dieu ! pardon, ma mère !... Adieu, Jacques, adieu !

Elle se lève et s'élance vers la fenêtre en montant sur une chaise. Madame Latrade reparaît au fond, suivie du Docteur. Elle court à Hélène et l'amène sur le canapé, à droite. Armande et d'autres invités sont entrés par le fond ; un peu plus tard, Jacques entre par la gauche avec quelques autres personnes.

LE DOCTEUR.

Mon Dieu! serait-ce un nouvel accès de folie ?

HÉLÈNE, à part.

La folie ! oui, c'est cela ! il faut qu'ils me croient encore folle !

MADAME LATRADE, la fixant.

Ah ! mon Dieu ! ce regard !... mon enfant, ma fille. (Avec un cri.) Folle ! encore folle !

JACQUES, entrant.

Folle ! qui donc? (s'élançant.) Hélène ! ah !... Seigneur, Seigneur! vous êtes impitoyable ! (Il sanglote.)

HÉLÈNE, à part.

Pardonne-moi, Jacques !

JACQUES, accablé et regardant Hélène qui continue à jouer la folie.

Ainsi je n'ai rien fait !... et je croyais avoir triomphé ! orgueilleux ! orgueilleux ! impuissant !

LE DOCTEUR.

Mon ami !

MADAME LATRADE.

Jacques !

JACQUES, se relevant tout à coup.

Eh bien, quoi? qu'avez-vous ? que croyez-vous ? que dites-vous? c'est à recommencer, voilà tout. Oh ! oui, je recommencerai la lutte et je la soutiendrai jusqu'à mon dernier jour, jusqu'à ma dernière heure; je réussirai, ou je mourrai à la peine. (Pleurant.) Oh ! Hélène !... Hélène !...

Il tombe accablé, la tête dans ses mains.

ARMANDE, à madame Latrade.

Avez-vous besoin de nous? voulez-vous que nous aussi nous veillions près d'elle ?

MADAME LATRADE.

Non, merci !... sa mère y suffira ; sa mère, dans les bras de laquelle elle dormira longtemps encore peut-être ! Adieu, mes amis, adieu ! (Tout le monde se retire.)

SCÈNE VII

JACQUES, MADAME LATRADE, HÉLÈNE.

MADAME LATRADE, allant à Hélène qui est encore sur un canapé, comme pour l'emmener.

A demain, Jacques.

JACQUES, se levant tout à coup.

A demain ! vous voulez donc me la reprendre? Oh ! non pas ! Laissez-la-moi, ma mère, laissez-la-moi ! elle est ma femme, après tout, elle m'appartient, je veux la veiller moi-même. Allez vous reposer, ma mère.

MADAME LATRADE.

Mais...

JACQUES.

Je vous en prie ! Je... je le veux... je vous éveillerai peut-être.

MADAME LATRADE.

Vous me le promettez ?

JACQUES.

Je vous le promets.

MADAME LATRADE, à part, en sortant par la gauche.

Mon Dieu ! ne pouviez-vous prendre les jours de la mère, et laisser la raison à l'enfant !...

SCÈNE VIII

JACQUES, HÉLÈNE.

HÉLÈNE, à part.

Seule avec lui !

JACQUES, la prenant dans ses bras comme on ferait d'un enfant.

Hélène, ma pauvre Hélène ! C'est donc fini, bien fini, encore une fois? Est-ce que... tu ne me reconnais plus, Hélène? Non ? Tu ne peux plus me comprendre ? (Hélène échappe à son regard en se courbant la tête de plus en plus. Il continue avec une passion douloureuse.) Je t'aime, cher ange ! Je t'aime ! Tu ne m'entends plus, dis? (Avec saisissement, à part, en regardant sa main.) Une larme, c'est une larme qui vient de tomber sur ma main ! une larme... Mais autrefois, elle ne pleurait pas, elle ne pleurait jamais ! (Malgré les efforts d'Hélène, il la soulève par les mains, et, les lui tenant dans les siennes, il fixe quelque temps ses yeux sur les yeux d'Hélène. Tout à coup il s'écrie d'une voix terrible.) Hélène ! Hélène ! vous n'êtes pas folle !

HÉLÈNE, *éperdue, se renversant en arrière.*

Oh!

JACQUES.

Vous n'êtes pas folle, vous dis-je!

HÉLÈNE, *s'éloignant de lui et désespérée.*

Ah! je suis perdue!

JACQUES, *qui l'a suivie, parlant d'une voix basse et concentrée.*

Pourquoi donc jouez-vous cette épouvantable comédie, madame? Pourquoi donc un pareil mensonge, et dans un pareil jour, à votre mère, à votre mari?

HÉLÈNE.

Pitié!

JACQUES.

Il doit y avoir un secret bien monstrueux dans ce qui vous a poussée à une déloyauté si grande. Ce secret, vous allez me le dire! Je le veux! je l'ordonne!

HÉLÈNE, *se prosternant.*

Oui, et c'est à genoux que...

JACQUES.

Pourquoi à genoux? Eh bien, oui, soit, ce n'est plus un ami, un médecin, un époux qui vous écoute, c'est un juge... à genoux!

HÉLÈNE, *pouvant enfin pleurer.*

Jacques... je vous aurais dit plus tôt la vérité effroyable, si avec ma raison j'avais retrouvé ma mémoire; et quand le prêtre m'a demandé si je voulais être votre femme, est-ce que j'aurais dit oui, si je m'étais souvenue?

JACQUES.

De quoi donc vous êtes-vous souvenue?

HÉLÈNE, *avec désordre.*

C'est là... là... (*Elle montre le canapé.*) Tout à l'heure seulement... qu'à vos premières caresses...

JACQUES.

Tais-toi, malheureuse! j'ai peur de deviner!... mais non, je veux que tu parles, au contraire! Parlez! parlez! Hélène, dites-moi tout cet exécrable mystère.

HÉLÈNE, *avec effort et d'une voix entrecoupée.*

Je venais de dire ma prière, j'allais m'endormir, et...

JACQUES, *après avoir attendu, la regardant.*

Et?...

HÉLÈNE, *baissant la tête.*

Oh! ne me regardez pas, monsieur, si vous ne voulez pas que j'expire de honte avant d'avoir tout dit.

JACQUES.

De honte?...

HÉLÈNE.

Oui, car en m'endormant, je pensais à un homme, jeune, que plusieurs fois j'avais rencontré dans le monde, et qui toujours, m'avait suivie des yeux avec un regard étrange.

JACQUES.

Son nom?

HÉLÈNE.

Jamais je n'eusse osé m'en informer.

JACQUES.

Continuez!

HÉLÈNE.

Le pourrai-je, mon Dieu?... Tout à coup, un bruit me réveille, et, dans l'encadrement de la fenêtre, sur le fond rouge du soleil couchant, m'apparaît... cet homme! D'abord, je me crois dans un rêve! C'est une vision, c'est une ombre; mais l'ombre bondit jusqu'à moi, une main se pose sur ma bouche...

JACQUES.

Comme la mienne, là, tout à l'heure! Ah! je comprends tout!... Malheureuse! Pourquoi n'es-tu pas morte!

HÉLÈNE.

Ah! si, du moins, j'avais pu me tuer, là, tout à l'heure... (*Mouvement de Jacques.*) Oui, Jacques, oui! quand je me suis souvenue, j'ai voulu mourir, mais quelqu'un est arrivé, on m'a retenue... Qu'il soit maudit, celui qui m'a retenue, puisqu'il est cause que vous allez me maudire!...

JACQUES, *avec égarement.*

Je vais maudire le sort, je vais maudire le sentiment qui m'a conduit chez ton père. Je vais maudire le jour où je suis né! Dieu puissant! dans quel enfer m'avez-vous jeté? Voilà ma femme: ce matin le prêtre me l'a donnée avec sa couronne blanche et sa robe de vierge, et ce soir, là, sur le seuil de cette chambre... c'est elle qui vient me dire... (*Avec délire.*) Tiens, va-t'en! je sens que je vais te tuer!

Il passe à droite.

HÉLÈNE, *avec joie, et se précipitant vers Jacques.*

Oh! tue-moi, Jacques, me voilà! (*Jacques est tombé épuisé. Hélène continue avec exaltation.*) Suis-je coupable? Je ne sais pas! Je croyais que non, tout à l'heure; mais, en ce moment, je sens combien tu m'aimes, et il me semble que oui. Va! tu as bien le droit de me tuer...

JACQUES, *presque froidement en revenant à gauche.*

Le nom de cet homme?

HÉLÈNE.

Je vous ai dit que je l'ignorais!

JACQUES.

Mais, tu l'avais reconnu! tu peux toujours le reconnaître?

HÉLÈNE.

Ah!... Même dans la plus profonde nuit, je crois que je le reconnaîtrais!

JACQUES.

C'est bien! assez! c'est bien! (*A part.*) C'est tout ce qu'il me faut.

Il la prend dans ses bras.

HÉLÈNE, *frissonnant.*

Jacques!

JACQUES.

Oh! n'aie pas peur. (*D'un ton doux et triste.*) Pauvre enfant!

HÉLÈNE, *balbutiant.*

Mon Dieu! vous pourriez... pardonner...

JACQUES.

A toi? oui. La victime n'est pas complice du bourreau. (*Avec une rage sourde.*) Mais je ne lui pardonnerai pas, à lui, le misérable! Il faut que je le trouve; je le trouverai, se cachât-il dans les entrailles de la terre! Aujourd'hui je me fais le juge de mon honneur. (*Lui indiquant la porte de la chambre nuptiale.*) Entre là!... c'est ton appartement, et dors en paix, ma sœur... dors en paix. (*Elle passe, puis se retourne. Il la baise au front en répétant avec une pitié tendre.*) Ma sœur! (*Hélène regarde Jacques, lève les yeux et entre dans la chambre. — Après avoir regardé la porte se fermer.*) Maintenant, je le jure à la face du ciel, je ne frapperai à cette porte, que lorsqu'il sera mort, lui!

ACTE TROISIÈME

Un petit salon d'été au rez-de-chaussée. Portes à droite et à gauche. Deux fenêtres au fond, laissant voir des jardins. Entre ces deux fenêtres, une baie cintrée et vitrée, ayant double issue sur le jardin, et au fond de laquelle il y a un piano; un guéridon dans l'intérieur. Chaises en bambou.

—

SCÈNE PREMIÈRE

DE BRIVES, RAOUL, RAIMOND, JEANNE.

Monsieur de Brives et Raoul jouent aux échecs; Raimond est assis à droite et écrit. Jeanne, qui cousait au lever du rideau, se lève, va entr'ouvrir la porte de gauche et regarde dans la chambre voisine.

DE BRIVES, *relevant la tête à ce mouvement.*

Monsieur ton fils ne veut donc pas s'endormir, Jeanne?

JEANNE.

Mais il paraîtrait, mon père; il attend peut-être le second couplet de sa berceuse.

RAIMOND, *qui était retombé dans ses rêveries.*

Ah! pardon, Jeanne!...

DE BRIVES, *riant.*

Elle est rebelle, Raimond, ta muse de circonstance!

RAIMOND.

Un peu, mon père.

JEANNE, *qui a lu par-dessus l'épaule de Raimond.*

Mais c'est déjà très-bien. Courage!

DE BRIVES, *à Raoul, qui semble agité.*

Je vais te prendre ta dame, Raoul.

RAOUL.

Ah! c'est vrai! merci de votre généreux avertissement, mon père...

DE BRIVES.

Tu es bien distrait, ce soir, Raoul.

JEANNE, *à part tristement.*

Ce soir!...

RAIMOND, *à Jeanne.*

Tenez, Jeanne, voici mon second couplet.

JEANNE.

Voyons?

RAIMOND, récitant.

Quand l'enfant sera grand, ce conquérant du monde
Va poursuivre la gloire en cent chemins divers,
Ses désirs trouveront trop étroit l'univers,
Et rien ne remplira cette âme trop profonde.

JEANNE, avec un soupir, regardant Raoul, à part.

Hélas!

RAIMOND, continuant.

En attendant l'enfant vermeil
D'un berceau blanc fait son empire,
Et n'a besoin, pour nous sourire,
Que de lait pur et de sommeil!

(Se penchant vers elle.) Qu'en dites-vous?

Jeanne essuie une larme.

RAIMOND.

Vous pleurez, Jeanne?

JEANNE.

Non, j'aime cette chanson. (Prenant la feuille, et lisant.)

Quand l'enfant sera grand, ce conquérant du monde...

(Remarquant seulement alors le papier.) Tiens, sur quoi donc avez-vous écrit ces vers?

RAIMOND.

Sur un papier que j'ai trouvé là. (S'asseyant à droite.)

JEANNE.

C'est bizarre. C'est sur la lettre de mariage de Jacques avec mademoiselle Hélène Latrade.

Raoul fait un mouvement.

DE BRIVES.

Décidément, Raoul, tu es trop nerveux aujourd'hui. Veux-tu que nous cessions?

RAOUL.

Non, mon père, non, je vais m'observer.

JEANNE, bas à Raimond s'asseyant près de lui.

Vous venez de voir son émotion.

RAIMOND.

Quelle émotion?

JEANNE.

Oh! ce n'est pas la première fois que je la remarque à propos du mariage de Jacques.

RAIMOND.

Quoi?

JEANNE.

Quand nous en avons reçu la nouvelle, je l'ai vu pâlir et trembler affreusement.

RAIMOND.

Que croyez-vous donc?

JEANNE.

Ah! je ne saurais vous le dire au juste, et cependant il m'est venu une idée pénible.

RAIMOND.

Et laquelle?

JEANNE.

Ne répétez jamais ce que je vais vous dire, au moins.

RAIMOND.

Y pensez-vous?

JEANNE, bas.

Eh bien, je crois que Raoul (il lui faut tant d'argent), je crois qu'il avait espéré que Jacques ne se marierait jamais et qu'il a vu avec peine une union qui détruisait une partie de ses espérances de fortune.

RAIMOND.

Comment! c'est vous, Jeanne, qui osez formuler une semblable accusation contre Raoul, sur votre mari, que vous aimez autant qu'il vous aime?

JEANNE, amèrement.

Oui, autant.

RAIMOND, étonné.

C'est la première fois que je surprends cet amer sourire sur vos lèvres, Jeanne, lorsque vous parlez de Raoul... que signifie?...

JEANNE, bas.

Chut! Raoul nous regarde (Haut.) Raimond, il y a encore une place là pour un couplet.

Elle se lève et va s'asseoir un peu plus loin, en reprenant son ouvrage.

RAIMOND.

Je vais tâcher de la remplir.

Un Domestique est entré, il remet une lettre à Raoul.

RAOUL.

Vous permettez, mon père?

DE BRIVES.

Je permets.

Il examine son jeu.

RAOUL, ouvrant la lettre avec agitation.

Qu'est-ce encore que cela? ah! (Il lit bas.) « Vous avez oublié » sans doute, monsieur, que les dettes de jeu se payent dans » les vingt-quatre heures. » (Froissant la lettre et la mettant dans sa poche, en affectant de la légèreté.) C'est bien, dites au messager que j'irai tantôt voir la personne qui m'écrit.

De Brives fait enlever les échecs.

JEANNE, à part.

Toujours des mystères!...

RAOUL, agité, riant.

Tiens, Raimond, c'est un officier de nos amis. Il vient d'arriver à Marseille...

JEANNE, voyant que Raoul s'aperçoit qu'elle le regarde, vivement à Raimond.

C'est fini Raimond?

RAIMOND, se levant.

Oui, tant bien que mal. Par bonheur, à l'âge de mon filleul, on est indulgent.

JEANNE.

En poésie, je suis de l'âge de votre filleul, voyons... (Lisant.)

Quand l'enfant sera grand, d'une bouche ravie,
Il s'en ira goûter, loin de ce frais séjour,
Ce fruit amer et doux, qui s'appelle l'amour,
Et qui brille à vingt ans sur l'arbre de la vie.

(A elle-même.) Ah! oui, bien amer! (Continuant de mémoire.)

En attendant, l'enfant vermeil,
D'un berceau blanc fait son empire,
Et n'a besoin, pour nous sourire,
Que de lait pur et de sommeil.

Vous voyez, je la sais déjà, votre jolie chanson.

RAIMOND.

Et, j'en suis sûr, les paroles iront merveilleusement sur l'air que vous avez composé. Tenez, écoutez plutôt.

Il va au piano et fait quelques accords en sourdine.

DE BRIVES.

Eh bien, Raimond, et l'enfant?

JEANNE, qui s'est levée.

Rassurez-vous. Le piano l'endort... déjà.

DE BRIVES, riant.

Déjà?... C'est différent. (Bas, à Raoul.) Raoul, à l'avenir donnez des ordres formels à vos valets pour qu'ils n'apportent plus dans la chambre de votre femme des billets de cette nature. (Sévèrement.) Vous êtes sur une route fatale, monsieur, (Raoul fait un mouvement; de Brives continuant :) et, prenez-y garde, les mauvais maris font de mauvais pères...

RAOUL.

Mais, je...

DE BRIVES.

Silence... votre femme nous regarde.

Raoul s'éloigne, Raimond est au piano près de Jeanne. De Brives prend un journal; Jeanne, à son tour, se met au piano; Raimond prend un livre et le parcourt.

RAOUL, à part.

Oui, mon père a raison. Je suis sur une route fatale, et je n'ose me demander où elle conduit. C'est Jacques d'Albert... le frère de Jeanne, qui a épousé Hélène!... (Il a pris un journal et il feint de lire quand M. de Brives tourne les yeux vers lui avec une sorte de défiance.) Que nous réserve l'avenir? que s'est-il passé là-bas? que se passera-t-il ici?

Il va s'asseoir à gauche.

RAIMOND, lisant.

« La beauté idéale de la femme lui vient de la vertu... Tou» tes les vertus de l'homme lui viennent du courage. Sans le » courage, l'homme n'est toujours qu'un enfant. »

Il s'assied au fond. De Brives, qui n'a pas perdu Raoul de vue, vient à lui et lui frappe sur l'épaule. Raoul tressaille.

DE BRIVES, à voix basse.

Mais qu'as-tu donc, Raoul? Qu'avez-vous donc, ton frère et toi?

RAOUL.

Mais rien, je vous jure.

DE BRIVES.

Je sais ce que je dis, monsieur... (Il s'assied près de Raoul.) Depuis huit jours que le besoin de repos m'a forcé de quitter Aix pour venir passer un temps près de vous, à Marseille, je cherche à lire dans ta pensée et dans celle de Raimond. Pourquoi cette pâleur, ces frissonnements dont tu n'es pas le maître? Raoul, tu dois avoir quelque passion dévorante qui t'attire, qui t'enlace! Raoul! je t'en supplie! lutte, mon fils, lutte avec courage, et cette passion, arrache-la de ton cœur.

RAOUL, se levant.

Mon père!...

De Brives s'éloigne.

RAOUL, à part, en regardant Jeanne et la porte de gauche.

Mon Dieu!... est-ce qu'entre ces deux êtres, je ne parviendrai pas à oublier...

DE BRIVES, qui marchait avec agitation. A part.

Oh! Raimond parlera; il faut qu'il s'explique aujourd'hui même.

JEANNE, qui a quitté le piano et qui s'est approchée de M. de Brives.

Mon père, souffrez-vous davantage?

DE BRIVES.

Oui, oui, ma fille, un peu...

JEANNE.

Eh bien! mais le soleil est moins ardent à cette heure, si vous sortiez un peu... l'air vous ferait du bien.

DE BRIVES.

Oui, tu as raison. Raimond, veux-tu m'accompagner?

RAIMOND, sortant de sa rêverie et se levant.

Bien volontiers, mon père.

JEANNE.

Moi, je vais donner un coup d'œil à mon fils, et je vous rejoins.

DE BRIVES.

C'est cela. (Jeanne entre un instant dans la chambre; de Brives, à part, en sortant avec Raimond.) Peut-être obtiendrai-je de lui un aveu que je n'ai pu arracher à son frère,

RAOUL, à part, se disposant à partir.

Je veux voir cet homme, mon créancier de cette nuit, il faut qu'il patiente encore.

Il va pour sortir et se trouve en face de Jeanne qui est entrée.

SCÈNE II

RAOUL, JEANNE.

JEANNE.

Vous partez sans me dire adieu?...

RAOUL.

Pardon!

Il l'embrasse au front avec un mouvement d'impatience.

JEANNE, tristement.

Merci!...

RAOUL, étonné.

Plaît-il?

JEANNE.

Merci de votre pitié.

RAOUL, haussant les épaules.

C'est une querelle que vous voulez? mais je...

JEANNE.

Qu'est-ce que je t'ai fait?

RAOUL, avec ennui.

Mais tu ne m'as rien fait, je ne sais pas ce que tu veux dire... je suis pressé et je sors, voilà tout.

JEANNE.

Ah! si tu t'entendais parler!

RAOUL.

Encore une fois, je ne sais pas ce que vous voulez dire.

JEANNE.

Alors... c'est bien fini?...

RAOUL.

Quoi? qu'est-ce qui est bien fini?

JEANNE, le regardant fixement.

Sois franc: m'as-tu aimée seulement... un mois... Raoul?

RAOUL.

Qu'est-ce que ça signifie, ce que tu dis là, je te le demande?

JEANNE.

Oh! sois juste, je ne t'ai pas souvent ennuyé de mes reproches, de mes plaintes... Je t'ai caché mes larmes tant que j'ai pu, de même que je les cache à notre père... est-ce que tu ne les as pas devinées?... (Avec prière.) Oh! mais cela ne durera pas ainsi, dis, Raoul?... tu me reviendras, n'est-ce pas?... notre maison est si triste, si déserte quand tu n'es pas là!... et tu n'y es pas souvent, Raoul!... Songe donc, quand il sera plus grand, lui... (montrant la porte de gauche) quand il comprendra, tu lui manqueras aussi... Alors, nous serons deux à t'attendre, à pleurer, et lui, tu ne voudras pas qu'il pleure!

RAOUL.

En vérité, Jeanne, je ne sais ce que vous avez aujourd'hui.

JEANNE.

J'ai ce que j'ai toujours, j'ai du chagrin... seulement, d'habitude je suis plus forte, voilà tout.

RAOUL.

C'est un jeu d'enfant que vous jouez là, Jeanne... Vous avez vu que je désirais sortir, et vous avez fait la gageure de m'en empêcher... Ma chère enfant, j'en suis bien fâché, mais vous avez perdu.

JEANNE, essuyant brusquement ses larmes et changeant de ton tout à coup.

Ah! vous êtes bien égoïste!

RAOUL.

Jeanne!...

JEANNE.

Allons, décidément, c'est fini, bien fini?... et vous me haïssez?... c'est ce que je voulais savoir... (s'asseyant près du guéridon.) Causons d'affaires... ce n'est plus la femme qui vous parle, c'est la mère!

RAOUL, se levant.

Que signifie?...

JEANNE.

Cela signifie, Raoul, que je ne vous demanderai plus ce que vous comptez faire de mon avenir, mais seulement si vous songez à celui de votre fils?

RAOUL.

Son avenir?... mais, Jeanne, il est loin encore.

JEANNE.

Le temps marche vite, et il me semble que vous ne vous préoccupez pas assez des jours qui suivront.

RAOUL.

Vous ne m'avez jamais parlé ainsi.

JEANNE, continuant, et se levant.

Raoul, notre position est compromise... avouez-le-moi.

RAOUL, troublé.

Qui vous fait supposer?...

JEANNE.

Bien des choses, et, entre autres, quelques mots que j'ai surpris, par hasard, d'une conversation entre notre intendant, monsieur Lacombe, et vous.

RAOUL.

Vous avez mal compris.

JEANNE, après un geste de doute.

C'est possible... N'importe, songez-y, Raoul, un jour nous devrons compte à notre fils de nos deux fortunes; et si je mourais aujourd'hui, demain vous lui devriez compte d'abord de la dot de sa mère.

RAOUL.

Eh bien, que voulez-vous dire?

JEANNE, éclatant.

Je veux dire que j'ai peur de vous, pour lui!

RAOUL.

Mais que croyez-vous donc?

JEANNE.

Je crois... (Apercevant de Brives.) Votre père... silence!

SCÈNE III

LES MÊMES, DE BRIVES.

DE BRIVES.

Grande nouvelle, Jeanne!

JEANNE.

Quoi donc, mon père?

DE BRIVES.

Ton frère arrive aujourd'hui.

RAOUL.

Jacques!

DE BRIVES.

Madame Latrade, qui depuis une huitaine est revenue à la

bastide pour s'y retirer, et qui attendait tous les jours une lettre de Jacques, vient enfin de la recevoir et me l'envoie.

JEANNE.

Quel bonheur!

DE BRIVES, s'asseyant à droite.

Sa femme et lui seront ici dans une heure!

RAOUL, à part, avec agitation.

Grand Dieu! il faut que je parle à Hélène, à elle seule!... sans cela nous sommes tous perdus!

JEANNE, qui a lu la lettre, la baisant.

Oh! bon frère! je vais donc le revoir, l'embrasser!

DE BRIVES.

Pourvu que Raimond soit revenu dans une heure!

JEANNE.

Au fait, où est-il donc?

DE BRIVES.

Il a été obligé de me quitter au milieu de notre promenade.

RAOUL.

Si je le rencontre, je le préviendrai, mon père.

JEANNE.

Vous partez... (Se reprenant.) Tu sors donc aussi?

RAOUL, très-agité.

Sans doute... je tiens à me débarrasser de toute préoccupation, afin de pouvoir être ensuite tout entier à nos hôtes.

De Brives a sonné, un Domestique paraît.

DE BRIVES.

Qu'on mette tout en ordre dans l'appartemement de monsieur d'Albert. (Il se lève.)

Le Domestique s'incline et va sortir.

RAOUL, bas au Domestique, en passant près de lui.

Viens chez moi tout à l'heure. (Haut.) A bientôt, Jeanne, à bientôt, mon père... Je serai ici avant eux.

Il sort par le fond.

SCÈNE IV

DE BRIVES, JEANNE.

JEANNE, à part, regardant sortir Raoul.

Il est plus agité que jamais!... c'est étrange!... (En voyant que de Brives l'observe, elle prend un air riant.) Il revient, mon Jacques! concevez-vous ma joie, mon père? Ah! c'est qu'il a été tout pour moi! Enfant, c'est à lui que j'ai dû mes premières joies. Jeune fille, ma première robe de bal, c'est lui qui me l'a choisie; mon premier bijou, c'est lui qui me l'a attaché; si je ne suis pas trop ignorante, c'est à sa sollicitude paternelle que je le dois encore.

DE BRIVES, l'observant.

Et... c'est à la même sollicitude que tu dois aussi d'être la femme de Raoul?

JEANNE, vivement.

Et votre fille, monsieur; vous voyez que je lui dois beaucoup.

DE BRIVES, à part.

Pauvre petite! elle n'a pas la force de mentir tout à fait.

JEANNE.

Vous vous attristez, mon père?

DE BRIVES.

Oui, à la pensée que le pauvre vieillard ne pourra peut-être pas jouir bien longtemps encore du bonheur de sa fille chérie!

JEANNE, se jetant dans ses bras.

Quelle triste pensée, mon père! ah! c'est mal!

Pendant ces derniers mots, Jacques et Hélène, précédés du Domestique, ont paru sur le seuil de la porte. Jacques a imposé silence au Domestique, qui allait l'annoncer, et lui fait signe de se retirer. Il descend doucement avec Hélène.

SCÈNE V

LES MÊMES, JACQUES, HÉLÈNE.

JACQUES, après avoir contemplé un instant Jeanne et de Brives.

Ah! monsieur de Brives, vous me la gâtez trop.

JEANNE, se retournant et avec un cri.

Jacques! mon frère!

JACQUES.

Mon Dieu, oui, c'est nous! Bonjour, petite sœur! (Saluant.) Monsieur de Brives!

DE BRIVES.

Soyez le bienvenu, mon cher d'Albert. (Saluant Hélène.) Madame!

JEANNE, à Hélène.

Petite sœur, embrassez-moi...

HÉLÈNE.

Oh! de grand cœur!

JACQUES.

Eh bien? et Raoul? et Raimond, où sont-ils donc?

JEANNE, embarrassée.

Une affaire indispensable...

DE BRIVES.

Tout à l'heure, ils seront ici.

JACQUES.

A propos? notre ami Raimond est-il toujours aussi triste qu'autrefois?

DE BRIVES.

Comment, vous savez...

JACQUES, riant.

Oh! sa réputation est venue jusqu'à nous; tenez, c'est un de nos compatriotes qui nous l'a apportée... Le docteur Lemarchand.

DE BRIVES.

Le docteur Lemarchand? Ah! il est de retour ici?

JACQUES.

Il est ici, tant mieux; oui, il nous disait que Raimond était comme poursuivi par un remords : il voulait même absolument le soigner pour cela.

DE BRIVES.

Ah! vraiment?

JEANNE, à de Brives, en lui montrant Hélène.

Mais voyez donc comme elle est jolie!

DE BRIVES.

Oh! mais je la connais notre belle ressuscitée. Oui, madame, je vous ai vue enfant et c'était plaisir de vous regarder grandir. Un jour, vous avez disparu, et c'est un autre plaisir de vous voir si charmante femme! Pourquoi votre brave père n'est-il plus là, pour vous admirer et vous aimer avec nous?

HÉLÈNE.

Bon monsieur de Brives!

JEANNE.

Nous l'aimerons tous encore un peu plus.

JACQUES.

Mais embrasse-moi donc encore, petite sœur, et voyons : tu es toujours contente?

JEANNE.

Oui, Jacques... oui... toujours... notre père est si bon!

JACQUES.

Et... le mari?

JEANNE, un peu troublée.

C'est... son fils...

JACQUES.

Et cela dit tout, n'est-ce pas? Ah! l'enfant va bien?

JEANNE, souriant.

Oui, merci.

JACQUES.

Nous sommes sauvés. (Jeanne va auprès d'Hélène. Jacques prend de Brives à l'écart.) Eh bien, monsieur de Brives?

DE BRIVES.

J'ai reçu la lettre que vous m'avez écrite à Aix. J'ai commencé des recherches dans le sens que vous m'indiquiez; mais cette lettre, très-explicative, quant aux instructions qu'elle me donnait, était fort incomplète : vous parlez d'un crime, et vous ne dites pas quelle sorte de crime... Tantôt, nous causerons.

JACQUES, en écoutant M. de Brives, n'a plus le même air que précédemment.

Oh! bientôt, n'est-ce pas?

JEANNE, revenant à Jacques.

Mais vraiment, mes chers voyageurs, je m'aperçois que je vous reçois très-mal! Voyons, n'avez-vous besoin de rien? vous n'oubliez pas que vous avez toujours ici un appartement préparé?

JACQUES.

Merci, mignonne; mais il nous est impossible de nous y arrêter, car nous avons dès demain un bal d'installation... et... il faut...

JEANNE.

Un bal, déjà?...

JACQUES.

Mon Dieu, oui, déjà toutes nos invitations sont faites; tous nos ordres exécutés. On me l'a écrit, et je t'en préviens, demain, à la villa de Saint-Marcel, bon gré, mal gré, tu danseras.

DE BRIVES, à Jeanne.

Viens, mon enfant, laissons nos voyageurs à eux-mêmes... Après une longue route, cela doit sembler bon. (A Hélène.) N'est-ce pas, madame?

HÉLÈNE et JACQUES.

A bientôt!

Monsieur de Brives et Jeanne sortent.

SCÈNE VI

JACQUES, HÉLÈNE.

JACQUES, à part, s'asseyant à gauche.

On nous laisse seuls! pendant quelques instants, du moins, je ne serai pas forcé de sourire.

HÉLÈNE.

Je vous remercie, Jacques, de m'avoir fait connaître votre sœur... Je sens déjà que je l'aimerai... bien tendrement... Son mari l'aime beaucoup aussi, n'est-ce pas? c'est un homme digne d'elle?

JACQUES.

Oui, oh! oui! c'est un couple heureux! (Haut, mais comme à lui-même.) Ils marchent doucement dans la vie, sans être poursuivis par le fantôme du passé. (Hélène détourne tristement la tête. — Se levant.) Je suis cruel, pardonne-moi!

HÉLÈNE.

Vous pardonner, moi!... ah! Jacques, c'est ce mot-là qui est cruel!

JACQUES, avec bonté.

Vous souffrez?

HÉLÈNE, avec exaltation.

Pas assez! ne laissez-vous pas parfois votre main dans la mienne? ne permettez-vous pas à mes yeux de s'arrêter sur les vôtres?... Ne me donnez-vous pas à chaque minute quelque nouvelle preuve d'intérêt ou de pitié? Tenez, cette nuit, pendant notre voyage, j'avais cédé à la fatigue, au sommeil, et à mon insu, ma tête était tombée sur votre épaule... vous l'y avez laissée, car à mon réveil, elle y était encore, et comme vous aviez eu peur que je n'eusse froid, vous aviez jeté sur moi votre manteau.

JACQUES, avec froideur.

Quoi de plus simple, Hélène?

HÉLÈNE, vivement.

Oh! rassurez-vous, Jacques, je ne me suis point fait illusion. J'ai bien compris que je ne devais ces tendres soins qu'à une sollicitude de frère, mais je n'en ai pas moins été heureuse!... Soyez tranquille, je me souviens du rôle que votre bonté généreuse m'a assigné quand vous m'avez adoptée pour votre sœur, mais ce rôle, j'en suis fière aussi. (Avec une tendresse humble). Moi! votre sœur, Jacques! moi! N'est-ce pas encore plus que ne mérite cette pauvre Hélène? N'aviez-vous pas le droit de faire d'elle votre esclave ou votre servante?

JACQUES, ému.

Hélène, ne dites pas cela...

HÉLÈNE, vivement.

Faut-il vous laisser seul? ordonnez-vous que je me retire?

JACQUES, en proie à une émotion intérieure et avec une sorte de brusquerie

Mais non!... non.

HÉLÈNE, heureuse.

Merci, je vais rester là, tranquille! je ne parlerai plus.

JACQUES, avec douleur, après l'avoir considérée quelques instants.

Mon Dieu!... est-ce que cette existence doit durer toujours! Oh! quand donc pourrai-je combler, avec une tombe, l'abîme qui nous sépare! (Hélène a surpris cet éclair de fureur dans les yeux de Jacques, et elle a fait un mouvement d'effroi. — Se plaçant auprès d'elle et la couvant du regard.) Oh! que je t'aime!... que je t'aime!...

HÉLÈNE, avec une sorte d'égarement.

Jacques, soyez généreux, ne me parlez pas ainsi, car, vous le savez bien, tout à l'heure vous direz : Je te hais!...

Elle se cache le visage.

JACQUES, lui écartant les mains.

Ne pleure pas... ne pleure pas... (avec une sorte de fièvre.) En vérité, les hommes sont bien injustes! bien égoïstes! Ils n'ont de pitié que pour leurs propres faiblesses, de pardon que pour leurs propres fautes! Pendant dix années de leur existence, ils ont jeté leur amour aux quatre coins du monde, et puis, après cela, ils se croient en droit d'exiger un cœur qui n'ait jamais battu. Sois franche, Hélène, n'est-ce pas que c'est injuste? n'est-ce pas que moi, je suis plus injuste que tous les autres ensemble? Car enfin, toi, pauvre enfant, tu n'es pas coupable!...

Il tombe à genoux.

HÉLÈNE.

Jacques, je vous en supplie encore, ne me parlez pas ainsi.

JACQUES.

Allons! essuie tes larmes. Après tout, qu'importe le monde? D'ailleurs, nous pouvons le fuir, nous en séparer à jamais? Quand je pense que je suis venu ici, moi, dans cette contrée maudite, avec des idées de fêtes, de piége aussi, que sais-je? j'étais fou!... Nous partirons demain, nous irons dans quelque coin obscur, bien calme, bien ignoré, tu m'aimeras... et j'oublierai!

HÉLÈNE, avec résignation.

Non, Jacques, vous n'oublierez pas.

JACQUES, avec fièvre.

Mais si! Je te dis que si!... Regarde-moi, regarde-moi!... que je sente monter à mon cœur ces flots d'amour qui l'inondent!... Reste ainsi, comme cette dernière nuit, où je te regardais dormir en m'enivrant de ton souffle. Mes projets de vengeance : je les renie... je ne veux plus rien voir, rien connaître au delà du cercle amoureux où m'enfermeront tes deux bras... N'es-tu pas ma femme? Ce front n'est-il pas mon bien? Ces lèvres n'appartiennent-elles pas à mes lèvres?... Hélène.... mon Hélène! abandonne-moi ton âme dans un baiser. (La repoussant tout à coup avec désespoir.) Non! non! jamais!... car à la place que ma bouche va effleurer, à cette place peut-être, il a posé la sienne, lui, et elle a tressailli!... et elle s'en souvient! oh! c'est horrible! c'est horrible! (Il tombe assis à droite.)

HÉLÈNE, avec désespoir.

Jacques, je vous le disais bien!...

JACQUES.

Mais c'est une torture, un martyre sans nom, je ne peux pas vivre ainsi.

HÉLÈNE.

Voyons, Jacques, que voulez-vous que je fasse? Voulez-vous que je parte? que je m'exile à jamais! voulez-vous que je m'enterre vivante dans un couvent, dans un cloître? Parlez, je vous obéirai; Jacques... voulez-vous que je meure? je mourrai! Je ne peux pas faire plus cependant!...

Elle sanglote et tombe à genoux.

JACQUES, avec une folie passionnée.

Non, je ne veux pas que tu partes! non, je ne veux pas que tu meures! car ma vie, c'est toi, tu l'emporterais dans l'exil ou dans la tombe... et je veux vivre pour faire payer à cet homme, toutes les larmes de sang que nous avons versées. (Il passe à gauche.) Mais où se cache-t-il? où l'atteindre? comment le découvrir? (Voyant entrer de Brives.) Ah! monsieur de Brives! le magistrat, le juge à qui rien n'échappe. (L'étreignant.) Voilà mon meilleur ami!

SCÈNE VII

Les Mêmes, DE BRIVES, *puis* JEANNE, HÉLÈNE.

JEANNE.

Nous voici revenus!

DE BRIVES.

Voulez-vous que nous causions maintenant, mon cher Jacques?

JACQUES, vivement.

Oui, oui, maintenant.

JEANNE, à Hélène.

Si vous n'êtes pas trop fatiguée, je vous ferai voir notre petit royaume.

HÉLÈNE.

Bien volontiers.

JACQUES.

C'est cela, allez! allez! vous causerez du bal de demain.

Elles s'éloignent par le fond.

SCÈNE VIII

JACQUES, DE BRIVES.

DE BRIVES.

Pourquoi donc, mon ami, dans des préoccupations graves, comme vous m'avez dit être les vôtres, tenez-vous si fort à ce bal?

JACQUES, riant amèrement.

Ah! ah! oui, j'y tiens! et je veux qu'on le déclare splendide, et que ma femme y soit très-belle; et je veux être là pour compter les heureux que fera son sourire, et lire sur leur front tout leur bonheur. Pourquoi? vous demandez pourquoi? C'est peut-être dans ce bal même que vous le saurez. Mais parlons de ce que je vous ai écrit, (accentuant) mon cher juge d'instruction...

DE BRIVES.

A vos ordres. Sachez pourtant, d'abord, que je ne suis plus juge d'instruction.

JACQUES.

Ah!

DE BRIVES.

Je viens d'être nommé avocat général à Aix.

JACQUES.

Mais... vous êtes toujours mon ami?

DE BRIVES.

Oh! cela, rien ne peut l'empêcher. Toute ma science, toute mon expérience de juge vieilli dans l'instruction criminelle restent à votre service; disposez-en!

JACQUES, lui donnant la main.

Merci.

Ils s'asseyent.

DE BRIVES, assis à droite.

Ici donc, nous avons à nous mettre sur la trace d'un crime commis aux environs de Marseille, dans une bastide, entre la ville et les Aygalades.

JACQUES.

La nuit du neuf juillet mil huit cent cinquante.

DE BRIVES.

Mais, encore une fois, vous ne m'avez pas dit de quel crime vous vouliez découvrir l'auteur; et pour m'aider à le découvrir, vous n'avez même pu me livrer aucun indice réel; c'était un jeune homme, m'avez-vous écrit, un jeune homme du monde, c'est-à-dire noble, riche ou aisé, et vous pensez qu'il était ivre... Ce sont là des indications bien vagues... m'en apportez-vous d'autres?

JACQUES.

Non.

DE BRIVES.

Et il y a maintenant près de trois ans, m'avez-vous appris, que s'est commis le crime. Avouez que vous demandez beaucoup à ma pénétration. Qu'importe, l'ami et le magistrat sont également intéressés à ce qui vous touche... Nous ferons tout ce qui sera possible dans l'impossible.

JACQUES.

Je savais bien pouvoir compter sur vous... Ne me disiez-vous pas là, tout à l'heure, que vous aviez commencé des recherches?...

DE BRIVES.

Oui... j'ai voulu, pour aider à mes déductions, savoir où, la nuit du neuf juillet mil huit cent cinquante, il y avait eu des réunions de jeunes gens, des réunions terminées dans l'ivresse. J'ai appris qu'une société de viveurs, fondée sous le nom de *La Jeune Marseille*, et maintenant dissoute, avait dîné à son rendez-vous ordinaire, à l'auberge de *La Grand'Cave*, aux Aygalades; c'était même, grave indice, la seule réunion de ce genre qu'il y eût ce jour-là dans Marseille. La proximité de l'auberge avec le lieu désigné, par vous, comme théâtre d'un crime m'a frappé... J'ai dû vouloir connaître les noms de ceux des membres de *La Jeune Marseille* qui s'étaient rencontrés là au jour dit. Le registre de l'auberge pouvait me donner ces noms, je l'ai demandé... Mais la *Grand'Cave* a changé deux fois de propriétaire; les anciens livres existaient-ils encore? Enfin, mes agents ont acquis des données certaines, et aujourd'hui même, tout à l'heure peut-être, on doit m'apporter ici la liste de ceux qui se sont réunis à l'auberge des Aygalades, le soir du neuf juillet mil huit cent cinquante.

JACQUES, avec joie.

En vérité! eh bien! mais... voilà tout, je n'en veux pas plus; vous me donnerez cette liste, et je vous garderai une reconnaissance...

DE BRIVES.

Non, monsieur d'Albret, je ne vous donnerai pas cette liste; cela ne peut se passer ainsi. Comprenez donc qu'il n'y a de criminel que là où il y a un crime : commencez par me montrer le crime, vous; moi, je vous montrerai le criminel.

JACQUES.

Mais pourtant!...

DE BRIVES, sans s'arrêter.

Nous procédons naturellement, nous autres, c'est-à-dire logiquement. Un crime est-il commis? nous nous demandons, pour en découvrir l'auteur, qui a pu avoir, pour le commettre, un intérêt de cupidité, d'orgueil, de plaisir, de passion ou de vengeance; s'agit-il par exemple d'un vol?

JACQUES, vivement.

Eh bien! supposez qu'il s'agit d'un vol?...

DE BRIVES.

Mais non! mais non! La justice ne procède pas de cette manière, elle n'agit point sur une supposition.

JACQUES.

Eh! monsieur! s'il faut tout vous dire...

DE BRIVES.

Sans doute, il faut tout nous dire...

JACQUES.

La voilà donc votre perspicacité si vantée dans l'instruction criminelle!...

DE BRIVES.

Pardon, monsieur! Dans cette affaire, l'instruction a découvert déjà plusieurs choses; d'abord, que ce n'est pas d'un vol qu'il est question... Un vol ne vous passionnerait pas à ce point! l'instruction est maintenant certaine que vous lui cachez la vérité; elle voit que vous prétendez vous servir de la justice, pour vous substituer à elle, et vous faire juge dans votre propre cause, et peut-être bourreau!

JACQUES, s'emportant.

Et quand cela serait? ne peut-il arriver que soi-même on soit le meilleur juge de tel ou tel coupable? Ne se rencontre-t-il pas de ces situations?

DE BRIVES, avec force.

Non, monsieur; celui qui se défie de la loi peut la méconnaître, et celui qui la méconnaît peut devenir criminel à son tour. *Quand cela serait!...* dites-vous? si cela était, monsieur, je n'aurais qu'à me retirer, et à attendre que vous vinssiez me demander pardon.

Il se lève.

JACQUES, lui prenant la main.

Restez, monsieur de Brives, je vous demande pardon.

Il retombe assis et sanglote.

DE BRIVES.

Voyons, Jacques, faut-il que je vous aide... même en cela?... Est-ce devant la nécessité d'une accusation que vous hésitez?... c'est donc bien grave!... s'agirait-il d'un meurtre?

JACQUES.

Oui, oui... Il s'agit d'un meurtre!

DE BRIVES.

Quelle est la victime?

JACQUES.

Mais je ne puis vous le dire, monsieur!

DE BRIVES.

Mais je vous somme de me le dire, moi, au nom de la loi qui vous protége, monsieur, et dont vous devez, à votre tour, protéger l'action! Parlez donc! dites qui a été assassiné!

JACQUES, s'animant.

Il demande qui l'on a assassiné! (Se retournant vers de Brives.) On a assassiné l'honneur et le repos d'un homme, et deux existences tout entières!... On a tué...

DE BRIVES, qui le regarde très-attentivement.

Vous rougissez, Jacques!

JACQUES.

Moi!

DE BRIVES.

Vous rougissez!

JACQUES.

Non! Non!

DE BRIVES.

Donc, il y a une femme mêlée à ce crime. Si ce crime eût été un assassinat, je lirais sur votre visage la soif de la vengeance; je n'y verrais pas cette rougeur que vous ne pouvez pas me cacher. Le crime a donc frappé la faiblesse, la pudeur, l'honneur d'une femme!

JACQUES.

Oh!...

DE BRIVES.

Et cette femme touche à votre cœur même, n'est-ce pas? Oh! il faut que je sache qui elle est, pour savoir dans quel monde chercher le coupable, pour entourer le malheur de sa victime d'un respect profond, d'une tendresse vigilante!

JACQUES, avec rage.

Il faut la venger, monsieur!

DE BRIVES.

Et pour la venger! oui, certes! oh! je sens que me voilà passionné comme vous!

JACQUES, amèrement.

Comme moi!

DE BRIVES, suivant son idée.

Voyons. J'ai connu votre mère, qui est morte jeune et belle...

JACQUES, vivement.

Et sans tache, monsieur!...

DE BRIVES, frappé de terreur.

Ah! mon Dieu! ce n'est pas celle que je nomme mon enfant?... ce n'est pas votre sœur?... dites?... mais parlez donc!

JACQUES, avec éclat.

C'est ma femme!

DE BRIVES.

Oh!...

JACQUES, brisé et tombant dans les bras de M. de Brives.

Oui, c'est elle, c'est Hélène avant notre mariage, avant que je la connusse!... Elle n'était qu'une enfant encore, la pureté même! La voyez-vous, seule, la nuit, dans sa chambre toute blanche, dans son lit virginal?... Ses parents étaient absents, en soirée... chez vous, tenez, oui, chez vous!... Et par la fenêtre un homme est entré...un misérable, qui... qui l'a rendue folle, monsieur, comprenez-vous?...

DE BRIVES, accablé.

Ah! mon ami!

JACQUES.

Eh bien! monsieur l'avocat général, est-ce plus qu'un crime ordinaire cela? Plus qu'un vol? plus qu'un faux, plus qu'un meurtre, dites?

DE BRIVES.

C'est plus que tout, Jacques, vous avez raison! J'ai pénétré dans bien des crimes, je n'en ai jamais trouvé aucun de plus épouvantable, et chaque fois que je me suis vu en face de ce crime-là, j'ai accusé le Code, qui ne prononce pas la mort! Oh! mais nous trouverons l'infâme! nous le trouverons!

JACQUES.

Et justice sera faite?

DE BRIVES.

Une justice impitoyable, Jacques! Il nous la faut, nous l'aurons.

UN DOMESTIQUE, entrant.

Une lettre pour monsieur de Brives.

DE BRIVES, vivement.

Ah! (Le Domestique sort. A Jacques.) C'est la liste que j'attendais. (Jacques est frémissant tandis que monsieur de Brives brise le cachet de l'enveloppe.)

JACQUES, à part.

Dieu tout-puissant, son nom est là! (Il se précipite vers M. de Brives.) Donnez, je vais lire.

DE BRIVES.

Pardon, Jacques, nous lirons ensemble. Calmez-vous! et fiez-vous à moi. (Lisant.) « Dix membres seulement de la société *la* » *Jeune Marseille*, en compagnie de plusieurs femmes, ont passé » la soirée à l'auberge de *la Grand'Cave* au jour indiqué. C'é- » taient messieurs Charlemagne Potonnier... »

JACQUES.

Charlemagne...

DE BRIVES.

Ah! attendez! il y a une note pour ce nom-là, ainsi que pour le nom qui suit.

JACQUES.

Quel est cet autre nom?

DE BRIVES.

Anatole Chambion.

JACQUES.

Et cette note?

DE BRIVES.

La voici: « Ces deux jeunes gens s'étant pris de querelle, un » duel fut décidé; il eut lieu dans le jardin même de l'auberge. » Ledit Charlemagne ayant été mis hors de combat, il dut être » transporté chez lui dès que le docteur Lemarchand lui eut » donné les premiers soins... »

JACQUES.

Le docteur Lemarchand?

DE BRIVES.

« Quant à son adversaire, il fut arrêté sur-le-champ, ainsi » que les quatre témoins dont les noms suivent... »

JACQUES, l'arrêtant.

Puisque ceux-là furent arrêtés sur-le-champ, ce n'est point d'eux que nous avons à nous occuper. Continuez, mon ami.

DE BRIVES, lisant.

« Léon Roche. »

JACQUES.

Ce n'est pas celui-là.

DE BRIVES.

Comment en êtes-vous sûr?...

JACQUES.

Vous pensez bien, monsieur de Brives, que moi aussi j'ai dû me demander où j'étais cette soirée-là, et ce que j'avais pu faire. Eh bien! vers onze heures du soir... c'est-à-dire à l'heure où le crime s'est commis, j'étais au bal chez la mère de ce Léon Roche, et il m'y avait rejoint depuis longtemps. — Continuez.

DE BRIVES, continuant.

« Maxime Barthez. »

JACQUES.

Ce n'est pas lui non plus! Je l'ai vu arriver avec Léon Roche au bal dont je vous parlais, et tous les trois nous ne nous sommes pas quittés.—Après? après? (M. de Brives va reprendre sa lecture, à peine a-t-il jeté les yeux sur le papier, qu'il pâlit; son bras retombe et va laisser échapper la liste.) Qu'avez-vous?

DE BRIVES, à part, et sans lui répondre.

Raimond! Raoul! Mais lequel des deux?... En apprenant la folie d'Hélène, quel effet sur eux! Un jour on annonça madame Latrade, Raoul s'enfuit. (Dans son émotion, il a laissé le papier tomber de sa main. Jacques s'élance pour le ramasser. M. de Brives met le pied sur le papier.) Monsieur, je représente la justice... en me respectant, respectez-la.

JACQUES.

Pourtant, il y a un neuvième nom, monsieur, il y en a un dixième.

DE BRIVES, avec effort.

Je n'aurais pas dû vous communiquer cette liste. (La pliant et la serrant.) La justice a ses secrets.

JACQUES, s'emportant.

Oubliez-vous, monsieur?...

DE BRIVES.

Je n'oublie rien, monsieur d'Albert. Je me rappelle vous avoir dit qu'en face d'un crime pareil à celui qui vous occupe, j'ai souvent accusé le Code, qui ne prononce pas la mort; je me rappelle vous avoir dit que justice vous serait faite...

JACQUES.

Eh bien?

DE BRIVES.

Justice vous sera faite.

JACQUES.

Vous me livrerez le coupable?

DE BRIVES.

Je vous le livrerai.

JACQUES, s'emparant de cette parole.

Vous le connaissez donc?

DE BRIVES.

Peut-être.

JACQUES, à part.

Il le connaît. (Haut.) Vous me le livrerez... quand?

DE BRIVES.

Demain.

JACQUES, lentement.

Quel qu'il soit?

DE BRIVES.

Quel qu'il soit.

JACQUES.

Vous me le jurez?

DE BRIVES.

Je vous le jure.

JACQUES.

Mais... jurez-le-moi... sur vos enfants?

DE BRIVES.

Je vous le jure sur ma conscience de magistrat.

JACQUES.

Je reçois ce serment, et j'y compte. — A demain.

DE BRIVES.

A demain.

Monsieur de Brives sort par le fond.

SCÈNE IX

JACQUES, seul, puis JEANNE et HÉLÈNE.

JACQUES, à lui-même.

C'est étrange! pourquoi donc monsieur de Brives a-t-il refusé de me dire ces deux noms? car il y en avait deux encore... Quels peuvent être ces deux noms-là? Mais j'y pense... le docteur Lemarchand a été appelé près du blessé, m'a dit monsieur de Brives, il a dû voir ceux qui l'entouraient; il me dira leurs noms, lui !... Il demeure ici près... j'y vais sur-le-champ. (A Hélène et à Jeanne, qui entrent.) A bientôt! à bientôt!

Il sort après avoir embrassé Hélène.

SCÈNE X

HÉLÈNE, JEANNE.

JEANNE, s'asseyant à gauche, une broderie à la main.

Chère Hélène, vous connaissez maintenant, toutes nos richesses.

HÉLÈNE.

Cette propriété est charmante.

JEANNE, la regardant.

Figurez-vous, madame... que j'avais peur de rencontrer en vous une petite mariée un peu folle, au bonheur bruyant...

HÉLÈNE.

Moi aussi, j'avais des craintes pareilles.

JEANNE.

Telle que vous êtes... (Se reprenant.) Telle que tu es... je serai heureuse de t'aimer. Oui, tu as quelque chose de mélancolique.

HÉLÈNE.

Comme toi, n'est-ce pas?

JEANNE, changeant de ton.

Comme moi... oui. — J'ai été bien malheureuse, va, de ne pouvoir assister à ton mariage... (Sa distraction se trahit peu à peu.) Étais-tu bien mise?... Quelle robe avais-tu?... A quelle église t'es-tu mariée?

HÉLÈNE, qui a remarqué sa préoccupation.

A quoi penses-tu donc?...

JEANNE, se réveillant.

Hein?... Ah! c'est qu'il m'avait semblé que mon fils s'éveillait... Il est beau, n'est-ce pas?... Mais, voyons, parle-moi donc de l'amour de Jacques... de son bonheur... (La regardant.) Mon Dieu! comme il doit t'aimer!

HÉLÈNE, essayant de sourire.

Pourquoi?

JEANNE.

Pourquoi?... Tiens, tu n'es donc pas coquette, toi? et Jacques ne t'a donc jamais dit combien tu es jolie? (La prenant dans ses bras.) Il est bien bon, n'est-ce pas?...

HÉLÈNE, balbutiant.

Sans doute... Enfin tu es heureuse?

JEANNE, sans répondre.

Et toi aussi?

HÉLÈNE, retenant ses larmes.

Oui, oui, Jeanne, je suis heureuse, plus heureuse même que je ne méritais de...

JEANNE.

Que tu ne méritais...

HÉLÈNE, se reprenant.

Je veux dire plus heureuse que je n'eusse osé espérer l'être.

JEANNE, avec joie.

Oh! tant mieux!... (Écoutant du côté de la porte où est le berceau.) Oh! cette fois, je ne me trompe pas... (Elle se lève.) C'est bien monsieur Raimond qui s'éveille. Mon fils se nomme Raimond... je vais auprès de lui; je reviendrai.

Elle entre dans la chambre.

SCÈNE XI

HÉLÈNE, puis RAOUL.

HÉLÈNE.

J'ai eu bien de la peine à ne pas me trahir! chère Jeanne!... Enfin!... Elle, du moins, ne connaît pas les larmes.

Elle prend la tapisserie laissée par Jeanne et fait quelques points. La porte de droite s'ouvre, Raoul paraît.

RAOUL, à demi-voix.

Hélène!

HÉLÈNE, se levant.

Qui m'appelle?...

RAOUL.

C'est moi, Raoul.

HÉLÈNE, avec joie, allant à lui.

Monsieur Raoul! (Après l'avoir regardé quelques instants avec stupeur, elle pousse un cri étouffé et recule en passant à droite.) Ah! lui! lui!

RAOUL, bas.

Silence! silence! et écoutez-moi!

HÉLÈNE, le fuyant.

Non! au secours! Jacques!

RAOUL.

Vous voulez donc faire égorger les deux frères?

HÉLÈNE.

Oh!...

RAOUL.

Hélène!... au nom du repos de deux familles, taisez-vous! Pas un mot, pas un geste qui puisse trahir notre secret!

HÉLÈNE, avec horreur.

Notre secret!...

RAOUL.

Si vous parlez, c'est un duel entre Jacques et moi; et songez-y: Se trouver en face de mon épée, c'est mourir! (Voyant qu'Hélène s'est arrêtée et le regarde fixement.) Hélène, que pensez-vous donc en me regardant ainsi?

HÉLÈNE.

Je pense que je ne suis qu'une femme et que je ne peux pas vous tuer!

RAOUL, prêtant l'oreille.

Jacques!...

Elle descend à droite.

SCÈNE XII

LES MÊMES, JACQUES et RAIMOND; puis aussitôt DE BRIVES.

JACQUES, entrant, à Raoul.

Ah! voilà donc enfin le frère qui me manquait... Ta main, Raoul!

Ils se serrent la main.

HÉLÈNE, à part, avec stupeur.

Il lui a donné la main!

Raimond vient auprès d'Hélène. Elle s'efforce de cacher son agitation.

JACQUES.

Ce cher Raoul! (Apercevant de Brives, allant à lui et bas.) Eh bien, monsieur?

Pendant ce qui suit, Hélène a mis son chapeau, sa pelisse, et se dispose à sortir.

DE BRIVES, amèrement.

Oh! mon cher Jacques, c'est trop d'impatience! je vous ai promis de vous livrer le coupable, quel qu'il soit, je l'ai juré, et je vous ai dit : A demain.

JACQUES, à part.

Demain!... Aurai-je le courage d'attendre jusque-là? Et le docteur qui n'était pas chez lui!...

DE BRIVES, à Raimond.

Je vous trouve donc enfin... (A Raoul.) Et vous en même temps. C'est bien!

JACQUES, aux fils.

Raoul, Raimond, n'allez-vous pas nous reconduire un peu?... (Mouvement affirmatif des deux frères.)

DE BRIVES, à Raoul et à Raimond.

Restez. (A Jacques.) Pardon... j'ai à causer avec messieurs de Brives.

JACQUES, à part.

De quel air il a dit cela! (Après un temps pendant lequel il a regardé M. de Brives et ses fils, tout à coup, et comme frappé d'une idée subite.) Mon Dieu! si ces deux noms qu'il n'a pas voulu lire étaient... Oh, non! ce serait trop affreux! (Allant à M. de Brives et bas.) Monsieur de Brives, je ne sais pas ce que vous avez décidé, mais je me fie à vous, puisque je m'éloigne : pourtant.... le coupable est peut-être bien près de nous... Voulez-vous me laisser à moi seul le soin de ma vengeance? elle sera discrète autant que juste.

DE BRIVES, bas.

Assez, monsieur; laissez-moi faire. Chacun sa tâche : vous, votre vengeance; moi, mon devoir.

JACQUES.

Alors, monsieur... que Dieu vous aide!

Les jeunes gens s'inclinent. Il sort avec Hélène.

SCÈNE XIII

DE BRIVES, RAOUL, RAIMOND.

M. DE BRIVES. Il ferme la porte à gauche.

Asseyez-vous, messieurs! (Il ferme celle du fond.)

RAOUL.

Que faites-vous donc, mon père?

DE BRIVES, fermant la porte de droite.

En cour d'assises, messieurs, il y a des causes qu'il faut juger à huis clos. Hier encore, j'étais juge d'instruction; je suis aujourd'hui avocat général, accusateur public, et vous, vous!... figurez-vous que vous êtes en cour d'assises... Asseyez-vous donc! (De Brives s'assied, Raoul et Raimond s'asseyent en face de lui l'un près de l'autre; ils sont à gauche.) Messieurs, il y a un de vous deux, ici, qui est le dernier des lâches! un de vous deux qui a commis un crime! Celui-là va se nommer à moi, je le veux! je le veux, entendez-vous! Et il le doit : pour la vérité, pour moi, pour lui-même, et pour que je ne soupçonne pas son frère... Allons!... j'attends!... (Il se lève; Raimond et Raoul vont se lever aussi; il les arrête.)

RAIMOND.

Il faut que vous souffriez d'une inquiétude bien douloureuse, monsieur, pour nous parler ainsi!

DE BRIVES, avec force.

Pas de phrases! La vérité. Un crime s'est commis dans la nuit du neuf juillet dix-huit cent cinquante; j'en veux savoir l'auteur. Oh! je sais bien qu'il y a longtemps déjà de cela; mais le coupable d'entre vous deux ne peut avoir oublié, lui; moi, j'ai déjà fait mes recherches de mémoire, et je sais que ni l'un ni l'autre n'avez passé cette nuit dans la maison paternelle... Mais, voyons! vous, Raoul, qu'avez-vous fait, la nuit du neuf juillet, il y a trois ans?

RAIMOND, à part, tandis que Raoul incline la tête sans répondre.

Mais de quoi s'agit-il donc?

DE BRIVES.

Eh bien?

RAOUL, sans relever le front.

Pardonnez-moi, mon père, je ne peux pas vous le dire...

DE BRIVES.

Misérable! c'est donc toi! Car toi, Raimond, si je te demandais ce que tu as fait dans cette même nuit... (Raimond, qui a regardé Raoul avec stupeur, baisse la tête à son tour; M. de Brives, étonné, reprend.) Raimond?...

RAIMOND.

Moi non plus, mon père, je ne pourrais pas vous le dire!

DE BRIVES, terrifié.

Tu ne pourrais pas... Ah çà!... ai-je toute ma raison? Comment!... l'un de vous est un infâme depuis la nuit que je vous rappelle, et il se trouve que, cette même nuit, l'autre aussi s'est rendu assez infâme, pour ne pouvoir rien m'avouer dans un moment aussi suprême! Je cherche un coupable, et j'en trouve deux... (Silence.) Mais je parle d'un crime horrible, messieurs, entendez-vous? (Silence.) Le crime que j'ignore est donc aussi horrible que celui que je sais? Non! c'est impossible! Aussi l'autre, j'en attendrai l'aveu, j'en remettrai l'examen... Mais celui que je sais, il n'y en a pas de plus grand. (Même silence.) Songez-y donc, messieurs! Une jeune fille seule, la nuit, dans son lit d'enfant, pénétrer chez elle, surprendre sur ses lèvres les derniers mots de sa prière, méconnaître ses larmes, ses supplications, étouffer ses cris, ses frêles efforts, et assassiner la vierge en laissant à l'honnête homme qui voudra l'aimer plus tard, une femme flétrie et devenue folle!...

RAIMOND, se levant de toute sa hauteur au moment où Raoul se courbe davantage.

Mon père!

DE BRIVES.

Parle! parle donc!

RAIMOND, après un mouvement d'angoisse. A part.

Il faut le sauver à tout prix. (Haut.) Je ne peux pas! je ne peux pas!

DE BRIVES, lui posant la main sur l'épaule.

Restez assis alors, c'est l'attitude des accusés; leur front ne doit plus s'élever à la hauteur des autres!

RAOUL, se levant à demi.

Mon père...

Raimond le retient, il se rassied.

DE BRIVES.

Eh bien! j'attends encore!

RAIMOND, à part.

C'était Hélène!...

DE BRIVES.

Ainsi, ni l'un ni l'autre, vous ne pouvez me répondre? Vous n'essayez même pas de nier! Et vous êtes mes enfants! mon nom est votre nom, mon honneur est votre honneur! et moi, magistrat, moi qui dois l'exemple, j'ai juré justice à la loi, dont je suis l'apôtre, à ma conscience, dont je suis l'esclave! Savez-vous bien, pourtant, que c'est une affaire de bagne et de galères, cela, messieurs?

RAIMOND, bas à Raoul, en le regardant.

Oh! malheureux!

DE BRIVES.

Pour la dernière fois, je vous adjure! Toi, Raimond, autrefois tu étais le plus expansif des deux!

RAIMOND, se levant.

Monsieur, interprétez comme vous voudrez mon silence, croyez que c'est celui d'un criminel, je ne vous contredirai pas.

Il remonte.

DE BRIVES.

Raoul!...

RAOUL, balbutiant en se levant, et après avoir regardé son frère.

Ce que vient de dire mon frère aurait pu être dit par moi.

DE BRIVES, tombant assis accablé à droite.

Ah! malheureux que vous êtes! Je n'avais pourtant pas mérité cela!... voilà donc ce que vous gardiez à la fin de ma carrière: c'était de voir salir dans vos débauches mes quarante ans d'honnête pauvreté!

Il suffoque.

RAIMOND, très-ému.

Ah! mon père!... mon pauvre père!

DE BRIVES.

Il pleure! il pleure! séchez vos yeux, allez! vous ne pouvez plus pleurer que des larmes de boue; je pleure aussi, moi... Mais sur les fils de votre mère, et mes larmes doivent faire tache sur vous comme du sang! (On voit Raimond serrer la main de Raoul à la lui meurtrir. M. de Brives reprend en se levant.) Allons, je vais donner ma démission, et comme je n'avais que mon traitement pour vivre et que j'aimerais mieux balayer les cours des prisons que de rien tenir du moins coupable de vous deux, je vais redevenir simple avocat; mais prenez garde qu'à la suite de vos plaisirs, on vienne me demander un jour de plaider contre vous, je ne m'abstiendrai pas deux fois.

RAOUL, après une hésitation qui dure depuis les larmes de Raimond.

Qu'arriverait-il donc, monsieur, si l'un de nous se dénonçait?

RAIMOND, vivement.

Taisez-vous, Raoul (avec intention), vous rêvez quelque chose de généreux peut-être, mais nous ne devons pas plus faire une telle question à notre juge qu'il ne devrait y répondre... (Raoul fait un mouvement.)

RAOUL.

Mon père!

DE BRIVES.

C'est assez. Messieurs de Brives, voici mes dernières paroles : Le crime est tel à mes yeux, que si j'apprenais tout à coup que le coupable que je cherche est arrêté, j'irais lui porter une arme... Eh bien! en partant, moi, songeant à ma femme, à ma mère et à ma sœur; moi, encore magistrat, je condamne à mort celui de vous deux qui a fait le crime que j'ai dit. Qu'il meure! je le veux! Je ne puis reconnaître mon fils qu'après son châtiment, je ne puis pleurer le coupable que dans son cercueil, je ne puis pardonner qu'à celui-là qui ne se sera pas pardonné.

ACTE QUATRIÈME

Grands salons, splendidement éclairés, ouvrant, par de larges baies, sur une terrasse, au delà de laquelle on voit la mer sous le ciel d'une belle nuit de juillet. Dans le premier salon, richement illuminé, au milieu, un grand guéridon, chargé d'objets d'art, au milieu desquels une coupe et des armes de toutes sortes; de chaque côté, une table, sur laquelle sont d'autres objets d'art et de curiosités. Fauteuil, chaises, divans.

—

SCÈNE PREMIÈRE

Au lever du rideau, le bal est dans tout son éclat. C'est la fin d'une valse; les invités et les domestiques circulent entre les couples dansants. On valse dans tous les salons.

MADAME DE LIVRY, ARMANDE, MADAME DE CERNAY sortent de la terrasse.

ARMANDE, à une autre dame.

Croyez-moi, rentrons, ma chère Laure. Il ne serait pas prudent de demeurer plus longtemps sur cette terrasse.

MADAME DE CERNAY.

Le fait est que cette brise de mer est glaciale.

ARMANDE.

En revanche, on étouffe dans les salons.

MADAME DE LIVRY, qui remercie son danseur.

Excusez-moi, monsieur, mais je suis fatiguée.

MADAME DE CERNAY.

Eh bien! madame de Livry, que faites-vous donc? la valse n'est pas finie.

MADAME DE LIVRY.

N'importe! c'est assez pour moi.

MADAME DE CERNAY, riant.

Votre dânseur a besoin de retourner à l'école... de danse?

MADAME DE LIVRY.

Précisément. Ah! voyez-vous, en province on saute, on ne danse qu'à Paris.

MADAME DE CERNAY.

C'est bien vrai. Mais que voulez-vous? Paris est si loin! (A Armande.) Avez-vous vu déjà madame d'Albert?

ARMANDE.

Non! mais voici son mari.

Jacques entre avec le Docteur. La valse a cessé.

SCÈNE II

Les Mêmes, JACQUES et LE DOCTEUR.

ARMANDE.

Recevez nos compliments, monsieur d'Albert; vous avez choisi là une habitation délicieuse!

JACQUES, préoccupé.

Mon Dieu! madame, tout l'honneur en revient à mon intendant.

ARMANDE.

C'est un habile homme!... (Jacques s'incline.) On nous a fait espérer une promenade en mer.

JACQUES, riant.

A bord de mon yacht, au son des musiques, oui, madame.

ARMANDE.

Et les passagers sont-ils assurés contre les fluxions de poitrine?...

MADAME DE LIVRY.

Ah! bah! Est-ce qu'on connaît ça en province? c'est un produit parisien...

Elles remontent en riant. La quadrille se fait entendre au loin.

JACQUES, prenant le Docteur à l'écart.

Vous dites donc, docteur, que ceux qui entouraient le blessé, au moment où vous fûtes appelé près de lui, étaient...

LE DOCTEUR.

D'abord, les jeunes gens dont je vous ai dit les noms tout à l'heure, et...

JACQUES.

Et qui furent arrêtés la nuit même dans l'auberge, à la suite de la bagarre en question?... Oui... après?...

LE DOCTEUR.

Après : notre adversaire dans ce malheureux duel, monsieur Anatole Chambion, puis messieurs Léon Roche, Maxime Barthez, et, enfin, messieurs Raoul et Raimond de Brives.

JACQUES, réprimant un mouvement.

Ah! messieurs Raimond et Raoul de Brives y étaient tous deux?... Et... dites-moi, docteur, quelle heure était-il environ quand vous arrivâtes dans l'auberge?

LE DOCTEUR.

Il pouvait être dix heures... Tenez, il y avait une heure que j'étais sorti de chez madame Latrade... Ce fut en quittant la Bastide que je rencontrai le garçon d'auberge qui venait me chercher.

JACQUES.

Oui... Et ne m'avez-vous pas dit que vous étiez parti de *la Grand'Cave* avec quelqu'un?

LE DOCTEUR.

Oui, je suis parti à dix heures et demie environ avec messieurs Raoul et Raimond de Brives.

JACQUES, anxieux et jouant la légèreté.

Ah!... avec tous deux?

LE DOCTEUR.

Oui.

JACQUES, de même.

Et... où vous quittèrent-ils?

LE DOCTEUR.

Ma foi! à peu près au même endroit, c'est-à-dire à peu de distance de la bastide d'où je sortais.

JACQUES, de même.

Ah!... tous deux, toujours?... Dans quelle situation d'esprit étaient-ils?

LE DOCTEUR, riant.

Ah! ma foi! vous m'en demandez beaucoup, mon cher d'Albert... Autant qu'il m'en souvient, les deux frères avaient, je crois, fêté le champagne un peu plus que de raison... Malgré cela, Raimond me parut triste, sombre; il me quitta même assez brusquement, lui... Mais, chose assez étrange, et qui m'a frappé, c'est que, depuis cette époque, j'ai toujours vu à Raimond la même tristesse que je remarquai en lui ce soir-là.

JACQUES.

Ah! vraiment!

LE DOCTEUR.

Je crois qu'il a gardé un fâcheux souvenir de ce duel.

JACQUES.

Oui, oui, ce doit être cela.

LE DOCTEUR, riant.

Monsieur le juge d'instruction est-il satisfait?

JACQUES, très-froid.

Complétement satisfait.

Madame de Cernay et Laure sont revenues. Les invités et les domestiques n'ont pas cessé de circuler dans le bal.

LAURE.

Docteur, nous venons vous enlever.

LE DOCTEUR, riant.

Je vous promets de me laisser faire, madame.

JULIENNE.

Oui, nos maris nous ont abandonnées, et nous désirons vivement faire connaissance avec le joli yacht de monsieur d'Albert.

LE DOCTEUR.

Je suis à vos ordres, mesdames... A bientôt, mon cher d'Albert.

JACQUES.

A bientôt.

Le Docteur et les deux femmes se perdent dans la foule.

SCÈNE III

JACQUES, puis MONSIEUR DE BRIVES.

JACQUES, à lui-même.

Lequel?... lequel des deux?... Tout accuse Raimond; mais il me faut d'autres indices... J'en trouverai.

La foule a déserté le premier salon pour se porter sur la terrasse. La scène est à peu près libre. Monsieur de Brives paraît sans avoir vu Jacques.

JACQUES, à part.

Ah! monsieur de Brives!

De Brives descend lentement, il a l'air accablé, souffrant.

DE BRIVES, venant tomber dans un fauteuil. A part.

J'ai dû venir à cette fête pour tâcher de détourner un moment les soupçons de Jacques, car il en a, j'en suis sûr... Je le sens.

JACQUES, qui s'est approché.

Monsieur de Brives, je vous salue respectueusement. (De Brives fait un mouvement.) M'apportez-vous le nom promis?

DE BRIVES, avec un mouvement.

Moi?

JACQUES.

N'avez-vous pas juré de me le dire?

DE BRIVES.

C'est le juge qui vous a juré cela, monsieur; je ne suis plus rien à cette heure... plus rien, moi, qu'un pauvre vieillard dont le ciel n'a pas eu pitié.

JACQUES, à part, avec compassion.

C'est vrai.

DE BRIVES.

Adressez-vous donc à la justice, monsieur, c'est à elle qu'il vous faut demander vengeance, et non plus à moi.

JACQUES, avec intention.

En effet, le nom que je cherche, ce n'est pas vous qui devez le prononcer... je le comprends.

DE BRIVES.

Je ne le puis pas, monsieur.

JACQUES.

Vous l'ignorez donc encore?

DE BRIVES.

Oui, monsieur, je vous le jure... et j'ai fait cependant ce que je vous avais promis... Mais ce nom, je vous le jure encore une fois... je l'ignore.

Le Docteur entre par la droite.

LE DOCTEUR, riant, à part.

Décidément, les femmes sont trop capricieuses... (Il s'arrête un instant devant de Brives.) Bonjour, monsieur de Brives.

DE BRIVES, à Jacques, en se levant.

Bonsoir, docteur. Monsieur d'Albert, je vous prie de me pardonner; mais je suis bien souffrant, et je vous demanderai la permission de me retirer.

LE DOCTEUR.

Voulez-vous que je vous accompagne?

DE BRIVES.

Volontiers.

Il prend le bras du Docteur. Ils font quelques pas.

JACQUES, à part.

Est-ce que je ne parviendrai pas à déchirer ce voile?

UNE VOIX, au fond, annonçant.

Monsieur Raimond de Brives!

DE BRIVES, à part.

Il a osé venir, ce n'est donc pas lui!

LE DOCTEUR, à de Brives.

Ce cher Raimond est en retard; monsieur Raoul est déjà arrivé depuis longtemps.

DE BRIVES.

Ah!... (*A part.*) Lui aussi il est venu!... Tant mieux! Je ne saurai pas encore lequel je dois maudire!

JACQUES, qui a observé de Brives.

Son trouble est le même pour tous deux, lui non plus il ne sait rien. (*Il remonte.*)

LE DOCTEUR.

Venez-vous, monsieur de Brives?

DE BRIVES.

Non, merci, docteur, je reste.

LE DOCTEUR, riant.

Ha! ha! ha! il n'y a qu'un instant, je me plaignais des femmes capricieuses!

DE BRIVES, essayant de sourire.

Excusez-moi, mais cela va mieux; un tour de terrasse achèvera de me remettre.

LE DOCTEUR, gaiement.

Va pour le tour de terrasse.

JACQUES, l'examinant, à lui-même.

Le voilà vieilli de vingt ans, cet homme!... C'est donc bien, en effet, l'un de ses fils!

Ils entrent sur la terrasse de gauche.

SCÈNE IV

JACQUES, HÉLÈNE, ARMANDE, MADAME DE LIVRY, MADAME DE CERNAY. INVITÉS circulant dans les salons.

JACQUES, à part.

Hélène!... elle a dû le reconnaître, et elle ne m'a rien dit encore.

ARMANDE, à Hélène, en entrant.

Oh! nous n'écoutons pas vos refus... il faut venir avec nous.

MADAME DE LIVRY.

Cette promenade en mer sera charmante.

HÉLÈNE.

Mesdames..

JACQUES.

Excusez-la... Hélène a peur de la mer.

HÉLÈNE, à elle-même, en passant à droite.

Oh! quand donc cette nuit finira-t-elle!

JACQUES, bas.

Hélène, je crois que bientôt j'aurai trouvé ce que je cherche.

HÉLÈNE, avec effroi.

Ah!

JACQUES.

Eh bien! qu'as-tu?

HÉLÈNE.

Rien.

JACQUES, bas.

Tu sais que je ne t'ai pas crue quand tu m'as dit hier que tu ne reconnaîtrais pas cet homme; car, je m'en souviens bien, autrefois tu m'avais affirmé le contraire. Oh! je pourrais redire tes paroles: « Dans la plus profonde nuit, je le reconnaîtrais. »

HÉLÈNE.

Oui, j'avais pensé...

JACQUES.

Dis plutôt que, depuis, tu as réfléchi...

HÉLÈNE, avec douleur.

Oh!

JACQUES.

Eh! mon Dieu! c'est si étrange!... si insondable un cœur de femme... il y a des entraînements si bizarres!

HÉLÈNE, à part.

On peut donc torturer ce qu'on aime!...

MADAME DE CERNAY, qui a quitté le groupe des femmes, s'approchant, à Jacques.

Vous ne savez pas, monsieur d'Albert? madame de Livry prétend que vous faites une scène de jalousie à votre femme.

JACQUES, riant.

Ah! quelle folie! (*Madame de Cernay, riant, rejoint le groupe des femmes, groupe auquel se sont joints deux hommes.*) Voyons!... pourquoi m'as-tu dit que tu ne le reconnaîtrais pas?

HÉLÈNE.

Pourquoi? (*Jacques fait un mouvement d'impatience et s'éloigne. A part.*) Mon Dieu!... parce que cet homme a dit qu'il le tuerait!

JACQUES, qui a grimacé un sourire, continuant à voix basse, à Hélène.

Tu me le montreras, car il est ici, n'est-ce pas?... Je parie que nous l'avons déjà rencontré...

HÉLÈNE.

Prenez garde, mon ami, on nous entend.

JACQUES.

Je lui ai peut-être serré la main... (*Mouvement d'Hélène.*) Je lui ai serré la main! et rien ne m'a crié: C'est lui!... (*A Hélène.*) Ah! je savais bien que tu l'avais revu! (*Laure et Julienne viennent auprès d'eux.*)

ARMANDE, à Hélène.

Allons, vous avez été assez punie, je lève la pénitence... revenez avec nous. (*Elles l'entraînent.*)

JACQUES, se remettant.

Excusez-moi, mesdames, si je ne vous suis pas... mais je dois veiller aux préparatifs de la traversée. (*Avec rage.*) Je ne sais rien encore! Oh! mais, patience! la nuit n'est pas finie!

Il sort et fait un signe au Domestique qui se trouve à gauche.

UN DOMESTIQUE, au fond.

Monsieur d'Albert fait prévenir ces dames que les embarcations sont prêtes.

TOUTES LES DAMES.

Ah! quel bonheur!

ARMANDE.

Vite, nos manteaux...

Nouveau mouvement. Tout le monde se dirige vers le fond. On voit beaucoup de monde sur les terrasses; des invités qui semblent assister à l'embarquement. Peu après l'entrée de Raoul, une sérénade de fanfares, en diminuant peu à peu, indique que les embarcations s'éloignent. Raoul a paru à l'entrée de la terrasse.

SCÈNE V

RAOUL seul, puis JOSEPH.

RAOUL. Il entre par la droite en se parlant à lui-même.

Non! On ne lutte pas contre la fatalité, et la preuve, c'est que je suis ici... Il suffit de regarder Jacques pour deviner qu'il a fait serment de découvrir, d'atteindre et de frapper l'homme qui a souillé et brisé sa vie... Chacun de mes pas, de mes gestes, peut me désigner à lui comme le coupable... je sais tout cela... et, malgré moi, je cède à cette fatalité qui me pousse... Depuis que j'ai revu Hélène, je suis dans le vertige... je ne vois plus ce qui est mal, je ne sens plus la raison dans mon cerveau... je vais, je vais, sans savoir où... cherchant à respirer l'air qu'Hélène respire... Oh! tout cela finira d'une façon sinistre!... Hier, dans cette horrible scène, (*s'asseyant à droite*) Raimond a tout compris... s'il s'est laissé soupçonner, c'était pour me donner les moyens d'échapper à la malédiction paternelle, en me laissant le temps de fuir... J'avais cédé à ses prières... j'étais parti... et me voilà revenu... Eh bien, oui, je suis revenu, parceque je ne puis pas m'éloigner ainsi, sans avoir obtenu un pardon de ces lèvres qui ne se sont ouvertes encore que pour me maudire!... Oui, oui, ce pardon, il me le faut!... Mais comment faire?... comment parler à Hélène, ici, au milieu de tout ce monde?... (*Apercevant Joseph qui tient une lettre à la main, et qui n'ose entrer dans le bal.*) Vous ici, Joseph?

JOSEPH.

Ah! tiens, c'est vous, monsieur Raoul?

RAOUL.

Qu'est-ce qui vous amène?... Est-il arrivé quelque malheur chez madame Latrade?

JOSEPH.

Non, pas tout à fait... c'est-à-dire que madame Latrade étant à la promenade à ce tantôt, s'est tout à coup sentie très-faible... Comme c'était tout près du château de Boussac, elle y est entrée... Ma foi! on n'a pas osé la laisser retourner à la Bastide... Elle est donc restée à Boussac, moi avec elle, pour la soigner... Mais, dans sa faiblesse, il lui est venu l'envie de voir au plus tôt madame Hélène, et elle a écrit comme elle a pu (tirant un papier) ce petit mot que voici, pour monsieur ou pour madame d'Albert... Ils sont dans leur bal, n'est-ce pas, monsieur Raoul?

RAOUL.

Mais, sans doute... pourquoi?... ah! c'est que tu ne veux pas traverser les salons fait comme te voilà... Eh bien, donne-moi ce papier, je vais le remettre...

JOSEPH.

A monsieur Jacques, c'est cela... Merci, monsieur Raoul, merci... moi, je retourne à Boussac.

Il sort, quelques personnes circulent au fond.

RAOUL, à lui-même.

La Bastide!... oh! ce souvenir!... (Après un temps, ouvrant le billet qui n'est pas cacheté, et lisant :)

« Hélène, mon Hélène, je me sens ce soir bien faible et bien » triste... Viens près de moi, mon cœur t'appelle et t'attend.

» Ta mère,
» Louise LATRADE. »

Tiens, rien qui dise que madame Latrade n'est pas à la Bastide... et, naturellement, c'est là qu'Hélène ira trouver sa mère quand elle aura lu ce billet... Si, en arrivant à la Bastide, c'était moi qu'Hélène y trouvât... Oui, oui, c'est l'unique moyen de voir Hélène seule un instant, une minute... Il faut faire parvenir ce billet à Jacques... Justement, je l'aperçois là-bas... (A un Domestique qui passe.) Mon ami, (le Valet s'approche) remettez cette lettre sur-le-champ à monsieur d'Albert... Allez... (Le Valet salue et entre dans le salon.) Oh! je pourrai donc la revoir une dernière fois!...

SCÈNE VI

RAOUL, RAIMOND, puis JACQUES.

RAIMOND, qui est entré depuis un moment.

Je vous trouve, enfin!

RAOUL.

Raimond!

RAIMOND.

On ne m'avait donc pas trompé; vous avez osé venir dans cette maison!... sacrilége!...

RAOUL.

Raimond... je... ne pouvais partir... tu n'y avais pas songé... fuir, c'était m'avouer coupable!

RAIMOND.

Oh! ce n'est pas cette raison qui t'a ramené, Raoul!... je te connais maintenant.

RAOUL.

Mais cependant...

RAIMOND.

Je t'avais dit : Pars et je réponds de tout. Il fallait avoir confiance en moi et partir.

RAOUL, passant à droite.

Que comptais-tu donc faire? (Il s'assied.)

RAIMOND, de même près de lui.

Ce que je compte faire encore, monsieur... seulement, je ne voulais pas vous le dire d'avance... Vous m'y forcez? à nous deux : Un jour de ma vie, Raoul, à l'âge où l'on est fort, vaillant et brave, j'ai été lâche! J'ai eu peur! oui, bassement peur d'une épée nue devant ma poitrine. Tu me connaissais d'enfance, toi; tu sus lire ma lâcheté dans ma pâleur... Tu te substituas à moi, et, avec la vie, peut-être, tu me sauvas l'honneur. (Mouvement de Raoul.) J'avais juré de m'acquitter envers toi, le jour en est venu; je vais m'acquitter. Inutile que j'attende encore... je ne pourrais jamais faire plus... (Raoul l'écoute avec étonnement.) D'ailleurs, je ne me suis jamais pardonné, vois-tu! c'est si beau, le courage!... et j'en ai tant vu en France et partout autour de moi, que je mourrais lentement pour en avoir manqué!

RAOUL.

Mais je ne te comprends pas...

RAIMOND.

Tu vas me comprendre... Notre père, n'est-ce pas, sait déjà que l'un de nous est le coupable, et sans le connaître, il l'a condamné! Quant à Jacques, tout à l'heure peut-être, il saura aussi que le criminel était l'un de nous. Il faut donc une victime expiatoire au juge et au mari : au juge, pour qu'il pardonne; à l'époux, pour qu'il oublie! Eh bien! je serai cette victime-là...

Il se lève.

RAOUL, avec un cri.

Que dis-tu?

RAIMOND.

Je serai le coupable, et je ferai justice moi-même...

RAOUL.

Et tu crois que je le souffrirai?...

RAIMOND.

Oui, parce qu'il le faut... parce que je suis seul, moi, sans liens, sans amours; toi, entre ceux qui t'aiment, tu iras te repentir au loin. Tu prieras, tu répareras!... Tu rappelleras en toi l'homme d'honneur perdu...

RAOUL.

Raimond! mon frère!... Tu parlais de lâcheté? Mais si je te laissais faire, lequel serait donc le plus lâche de nous deux?...

RAIMOND.

Plus un mot... il sera fait ainsi que l'ai décidé.

A ce moment, on entend la fanfare au loin, le son se rapproche.

RAOUL, qui s'est levé. Avec force.

Non, non, tu ne feras pas cela... je crierai que c'est moi qui.....

RAIMOND.

Notre père ne veut pas que l'on crie : C'est moi!... Il veut que l'on meure!...

RAOUL.

Eh bien! je mourrai...

RAIMOND.

Et ta femme? et ton enfant?

RAOUL.

Raimond!

RAIMOND.

Plus un mot! Mon parti est pris. Notre père t'avait condamné à mourir; moi, je te condamne à vivre!

RAOUL. Il passe à gauche.

Allons!... encore une fois!... c'est impossible!... es-tu fou?... Mon frère!... mon ami... (Raimond le repousse froidement; continuant avec désespoir.) Mon Dieu! mon Dieu!... mais je suis donc damné!... Mais je suis donc fatal à tout ce qui m'entoure! (Il s'approche de son frère.)

JACQUES, qui a paru au fond avec des Domestiques, semble leur donner des ordres. Les Domestiques se retirent du côté des embarcations. — A part, en les observant.)

Raoul! Raimond! ensemble!

Il descend lentement et va se placer dans la grande ouverture de droite.

RAOUL, redevenant maître de lui-même.

Écoute, frère... raisonnons froidement... Tu t'exagères le danger. Laisse faire au temps!... L'oubli viendra sans qu'il soit besoin que tu te sacrifies...

JACQUES, à part.

Que disent-ils donc là?...

RAOUL.

D'ailleurs, il n'a pas encore de certitudes!

JACQUES, à part.

Qui donc, *Il?*

RAOUL.

Tiens, si tu le veux, partons ensemble!... Allons bien loin, comme tu disais... au bout du monde... Restons absents dix ans, toute la vie même, s'il le faut; et, je te le répète, avec le temps Jacques oubliera le passé!

JACQUES, avec un cri étouffé.

Ah!...

RAOUL, continuant.

Ou du moins, sa haine tombera peu à peu devant les larmes de cette pauvre femme! Mais je ne veux pas que tu te tues, moi, je ne veux pas que tu meures!

JACQUES, avec un mouvement effrayant.

Dieu puissant!...

RAOUL et RAIMOND, se retournant.

Jacques! qu'est-ce donc?

JACQUES, avec une apparente tranquillité.

Une dame qui en débarquant a failli tomber à la mer. Mais rassurez-vous, elle est hors de danger.

RAIMOND, bas.

Séparons-nous; mais... souviens-toi!

Ils se séparent. Raoul reste au premier plan, à gauche; Raimond cause avec les nouveaux venus.

SCÈNE VII

LES MÊMES, JACQUES, puis HÉLÈNE et LES INVITÉS.

JACQUES, à part, en regardant Raimond.

Allons!... une suprême épreuve! mais il faut éloigner Hélène!.:. Comment? Ah! cette lettre! (Allant à elle.) Mon amie! pardonne-moi, j'avais oublié cette lettre.

HÉLÈNE.

Une lettre?

JACQUES.

De ta mère. (Il la lui donne.) Elle est un peu souffrante; elle t'attend à la Bastide.

HÉLÈNE.

Ma mère! oh! je ne veux pas la faire attendre.

JACQUES, à un Domestique.

François, dites que l'on attèle. (A Hélène.) Va te préparer avant de partir, tu viendras me dire adieu.

HÉLÈNE.

Oui, je viendrai te dire adieu.

RAOUL, à part.

Je la verrai donc!

Il se perd dans les groupes.

SCÈNE VIII

JACQUES, RAIMOND, INVITÉS au fond.

JACQUES, gracieusement.

Eh bien, mon cher Raimond, vous amusez-vous un peu dans nos états? Comment trouvez-vous notre fête?

On entend un motif de quadrille.

RAIMOND, cherchant à calmer son trouble.

Mais tout est splendide; c'est de la féerie.

JACQUES, riant.

Je n'ai pourtant pas de fée à mon service, je vous le jure! Pas même le plus petit sorcier : malheureusement, car il m'aiderait peut-être à trouver ce que je cherche.

RAIMOND.

Comment? Que cherchez-vous donc?

JACQUES, d'un ton fiévreux, apercevant des invités à droite.

Venez ici, à l'écart, je vais vous raconter des choses incroyables...

RAIMOND, inquiet.

Vous semblez agité.

JACQUES, même jeu.

Ah! Et vous ne voyez que la surface... Si vous pouviez lire au fond de mon âme, vous frémiriez, mon cher.

RAIMOND.

Qu'est-ce donc?

JACQUES.

Venez un peu plus loin... j'ai peur qu'on nous écoute. (Avec une agitation croissante.) Oui, mon cher Raimond, il y a au monde, quelque part, un être que je hais... que j'exècre!

RAIMOND.

Et cet homme?

JACQUES.

Cet homme, j'ignore où il est, figurez-vous! Et quel il est. J'ai bien quelques indices...

RAIMOND.

Eh bien?...

Un autre groupe descend à gauche.

JACQUES.

Mais ils ne sont pas suffisants... j'en veux encore d'autres... Vous savez bien de quoi je veux parler? votre père a dû vous le dire...

RAIMOND, très-calme et comme ayant pris une détermination.

Oui.

JACQUES.

N'est-ce pas que cet homme est un misérable, un monstre, un lâche?... (A ce dernier mot, Raimond fait un mouvement.) Il a terni, souillé, brisé ma vie... Rien qu'en pensant à lui, je courbe un front humilié... N'est-ce pas que vous comprenez bien que je l'abhorre?

RAIMOND.

Oui.

JACQUES.

Ce n'est pas vous, dites, qui vous seriez rendu coupable d'une pareille lâcheté! (A part.) Il a tressailli. (Haut.) Ce n'est pas vous qui iriez, après boire, porter la honte dans une honorable famille... Quand vous aimerez une femme, vous, vous irez tout droit à sa mère, et la mère mettra votre main dans celle de son enfant... et alors, la jeune vierge osera franchir le seuil de la chambre nuptiale; et quand vous quitterez cette chambre, vous pourrez porter haut la tête! et vous vous en irez dans la vie, appuyés sur le respect l'un de l'autre, et vous n'aurez plus qu'à continuer une œuvre d'amour, au lieu de poursuivre une œuvre de haine et de châtiment. (Changeant brusquement de ton.) Pourquoi avez-vous tressailli deux fois, depuis que je vous parle?

RAIMOND.

Pourquoi donc, vous-même, êtes-vous si pâle?

JACQUES.

J'ai la fièvre. Ne faites pas attention... Voulez-vous faire un tour sur la terrasse!... La brise de mer nous rafraîchira... Tenez, de là, on voit le pharo et le village d'Odonne, où sont les bastides, vous savez!... Oh! mais la sueur perle sur votre front, tenez, prenez ce mouchoir, je le porte toujours là... c'est celui de la pauvre jeune fille... Voyez! Elle l'avait déchiré avec ses dents!...

RAIMOND, regardant le mouchoir.

Oh!...

JACQUES, l'amenant au guéridon du milieu.

On vient vers nous, ne laissons rien paraître!... Tenez! faisons semblant de jeter un coup d'œil sur ces objets d'art... Parmi ces curiosités... tenez, voici une coupe attribuée à Benvenuto... et des armes, que moi seul possède... ces pistolets, par exemple... (Il a pris un pistolet, et fait jouer la batterie. A part et avec stupeur.) Chargé!... ce pistolet est chargé!... Étrange hasard!... (Haut.) Ce pistolet est chargé, monsieur, je ne comprends pas... mais je l'ignorais, je vous le jure... me croyez-vous?

RAIMOND.

On sait que vous n'avez jamais menti, monsieur.

JACQUES.

Oui, je l'ignorais. (A part.) N'importe, mon épreuve est là... (Haut.) Combien de fois vous est-il arrivé de lire dans les journaux des accidents survenus parce que imprudemment on avait laissé des armes chargées?... Il y a journellement des morts comme cela! oui. Eh! mon Dieu, cela se traduit en faits-Paris... (D'une voix incisive.) Raimond, puisque le hasard me favorise, si je vous tuais, là, en jouant avec cette arme, sans que personne au monde pût voir en cela autre chose qu'un accident? (On l'entend armer le pistolet.) Il est bien impossible que je vous manque, n'est-ce pas? Le pistolet ainsi, droit sur votre cœur... Raimond, je vais vous tuer.

RAIMOND.

Faites.

JACQUES, se contenant, et les dents serrées.

C'est donc bien toi?

RAIMOND.

Oui.

JACQUES.

Tu avoues?

RAIMOND.

Tout.

JACQUES.

N'est-ce pas que tu avais mérité une mort bien plus épouvantable?

RAIMOND, s'animant et avec feu.

Oui, oui. L'homme qui n'a de respect ni pour les larmes d'un enfant, ni pour les cheveux blancs d'une mère, cet homme est un infâme. L'homme qui, après avoir été criminel, ne vient pas demander à deux genoux, demander à cette mère de lui permettre de réparer son crime, cet homme-là est un infâme! Un tel homme, enfin, que ses remords n'ont pas tué, mérite qu'on le tue... Frappez!

JACQUES, qui n'a pas quitté Raimond des yeux, se parlant comme à lui-même.

Oh! L'homme capable d'une si généreuse indignation à la pensée d'un tel crime a-t-il été capable de le commettre?

RAIMOND.

Frappez donc! vous voyez que j'attends...

JACQUES, frappé d'une idée.

Raimond, tu te sacrifiais pour un autre!

RAIMOND.

Non, non, Jacques! le coupable, c'est moi; frappe!

JACQUES.

Tu te sacrifiais pour un autre, te dis-je, et cet autre... (comme s'il rentrait en lui-même) cet autre, mon Dieu! c'est Raoul... (s'arrêtant subitement.) Le mari de Jeanne, de ma sœur! La faire veuve, elle! Ma sœur! rendre son enfant orphelin!... Je ne puis pas même le tuer!

RAIMOND.

Jacques!

JACQUES, apercevant Jeanne, qui est entrée précipitamment.

Ma sœur... Silence!

Jeanne se jette dans les bras de Jacques; le groupe de droite s'est levé et se trouve au fond.

SCÈNE IX

LES MÊMES, JEANNE.

JEANNE.

Oh! Jacques, mon frère! sauve-moi! sauve-nous!

JACQUES.

Que crains-tu donc?

JEANNE, d'une voix sourde.

La honte!...

JACQUES, avec un cri.

La honte?...

JEANNE.

Oh! vois-tu! je n'ai plus la force de te cacher mes larmes.

JACQUES.

Tes larmes?... Mais que m'écrivais-tu donc?

JEANNE.

Des mensonges, Jacques.

JACQUES, haletant.

Enfin...

JEANNE.

Nous sommes ruinés! Raoul a jeté tout ce que nous possédions dans les maisons de jeu et dans le boudoir des courtisanes!... un jour, j'ai osé me plaindre... et...

JACQUES.

Il t'a frappée...

JEANNE.

Oh! mais, ce n'est pas tout. Ses dédains, je les aurais endurés; les mauvais traitements, je les aurais pardonnés... enfin, j'aurais pu supporter la misère... mais je ne saurais supporter le déshonneur!

JACQUES.

Le déshonneur!

JEANNE.

Oui... poursuivi, traqué de toutes parts, Raoul n'a pas hésité, pas reculé devant une infamie!

JACQUES, haletant.

Qu'a-t-il donc fait?

JEANNE.

Il a volé la signature d'un autre!

RAIMOND.

Ah!...

JACQUES.

Le misérable!

JEANNE.

Et je viens d'apprendre que demain, les huissiers, la saisie... que sais-je?... (Apercevant Raoul.) Raoul! oh! je ne veux pas le revoir. Adieu, Jacques... adieu!

JACQUES.

Va, mon enfant! va... ton frère veille sur toi. (Elle sort. A part.) Ah! quelle joie! Je puis donc me venger sans remords!... (Allant à Raimond et lui désignant Raoul.) Raimond, tu as entendu! Voilà l'homme pour lequel tu te sacrifiais.

RAIMOND.

Jacques, encore une fois, je te jure...

JACQUES, avec éclat.

Tu mens, tu mens!

Mouvement au fond. On s'approche.

SCÈNE X

RAIMOND, JACQUES, HÉLÈNE, LE DOCTEUR, RAOUL, JEANNE, DE BRIVES, INVITÉS.

JACQUES, bas, à Raimond.

Tu refuses de le livrer? eh bien! je jure Dieu qu'il se livrera lui-même.

LE DOCTEUR, qui est descendu.

Mon cher d'Albert, qu'y a-t-il donc?... une querelle entre vous?

JACQUES, riant.

Oui... une discussion, une discussion politique. J'ai été trop vif... je me suis laissé aller à donner un démenti à ce brave Raimond, et je le supplie, devant vous, de me le pardonner. (A Hélène.) Mon amie, il faut que vous plaidiez ma cause auprès de notre frère... (Souriant.) Il faut que vous obteniez mon pardon.

RAIMOND, la tête perdue.

Jacques!

JACQUES.

Vous me l'accordez? Ah! Raimond, je ne sais vraiment comment vous remercier... Mais au fait, j'y pense... ma femme vous remerciera pour moi... Hélène, embrasse Raimond veux-tu?

HÉLÈNE, vivement.

Oh! (elle passe et présente son front à Raimond) de tout mon cœur.

JACQUES, qui ne l'a pas perdue de vue, à part.

Je disais bien que ce n'était pas lui. (Haut, et comme s'il apercevait seulement Raoul.) Tiens, tu étais là, toi aussi, Raoul? Ah! mais (riant) il ne faut pas alors que tu puisses être jaloux de Raimond.

HÉLÈNE, à part.

O mon Dieu!

RAIMOND, à part, en observant Jacques.

J'ai peur de comprendre...

JACQUES, à Hélène.

Tu refuses?... (Gaiement, à Raoul.) Y aurait-il donc de la brouille entre vous? non, n'est-ce pas? (A Hélène.) Alors, je veux te conduire moi-même dans les bras de ton frère.

Il l'attire doucement vers Raoul.

RAIMOND, à part.

Ah! j'ai peur!

Hélène a fait quelques pas vers Raoul. Au moment, où celui-ci se penche, en hésitant, vers elle, Hélène fait involontairement un mouvement de répulsion.

HÉLÈNE, à part.

Non! je... ne... peux... pas!

Elle chancelle et tombe presque dans les bras du Docteur.

DE BRIVES, à part.

C'était lui...

RAIMOND, à monsieur de Brives, d'une voix étouffée.

Mon père!

UN DOMESTIQUE.

La voiture de madame.

RAOUL, à part.

Je pourrai la revoir!

HÉLÈNE, à part.

Qu'ai-je fait, mon Dieu!

JACQUES, à part.

Je te tiens donc! enfin!

Le rideau tombe

ACTE CINQUIÈME

La chambre d'Hélène à la Bastide : elle est toute garnie de blanc, ainsi que les siéges, et occupe deux plans seulement du théâtre. Au fond, une alcôve dont les rideaux sont relevés. Riche ameublement provincial. A gauche, au deuxième plan, dans le pan coupé, la porte d'entrée; du même côté, au premier plan, la cheminée, surmontée d'une glace. A droite, au premier plan, un prie-Dieu; du même côté, dans le pan coupé, une fenêtre avec balcon.

—

SCÈNE PREMIÈRE

RAOUL.

Quand le rideau se lève, la scène est vide et faiblement éclairée; mais dès que le rideau est levé, on entend un carreau de la fenêtre tomber sous une pression violente, et l'on voit une main passer par la vitre cassée, soulever l'espagnolette et ouvrir la fenêtre. La silhouette de Raoul se dessine alors sur l'espace argenté par un clair de lune, qui pénètre dans la chambre; ces mouvements sont exécutés très-rapidement par Raoul. Enfin, il entre de plain-pied dans la chambre et referme la fenêtre.

M'y voici... J'ai devancé Hélène de dix minutes au moins... (Écoutant.) Personne ne m'a vu... bien... (Trois heures sonnent.) Trois heures!... Raimond croyait m'avoir enfin décidé à partir... Nos chevaux étaient prêts, j'ai dû me mettre en route... Mais, cette fois encore, j'ai pu lui échapper, ainsi qu'à Jacques... Je ne devais donc pas partir... Ah! tout cela est horrible!... Je suis bien malheureux!... A tout prix il me faut un pardon... je l'aurai... (Avec amour.) Je vais la voir!... (Avec éclat.) Et si elle allait ne pas venir!... (Avec un cri.) Ah!... (Écoutant.) J'entends le bruit d'une voiture roulant sur le sable... Tout à l'heure elle sera devant moi, elle!... Oh! ce pardon!... Si je l'avais déjà obtenu, je serais parti, je serais... (D'un autre ton.) Non, je ne serais pas parti, je le sens bien!... (Écoutant.) La voiture entre à la Bastide... Hélène!... Ah! le sang me monte à la gorge, dans les yeux, au cerveau!... je suffoque, moi, j'étouffe... (Il desserre sa cravate.) Je vais donc la voir!... Et après? Après!... Eh bien, mais, je me tuerai, après!... De la lumière!... (On voit de la lumière à la porte de gauche, qui n'était pas entièrement fermée, et l'on entend plusieurs voix.) Hélène n'est pas seule!... Où me cacher en attendant que... Ah! là...

Il se cache sur le balcon. La porte de gauche est poussée par une Domestique qui précède Hélène, et qui porte un flambeau. Le théâtre se trouve un peu éclairé.

SCÈNE II

HÉLÈNE, UNE DOMESTIQUE.

HÉLÈNE, en entrant.

Eh bien, où donc est ma mère?

LA DOMESTIQUE.

Mais... elle n'est pas à la Bastide, madame.

HÉLÈNE.

Ma mère n'est pas à la Bastide?

LA DOMESTIQUE.

Non, madame.

HÉLÈNE.

Où donc est-elle?

LA DOMESTIQUE.

Au château de Boussac...

HÉLÈNE.

Comment, au château de Boussac?

LA DOMESTIQUE.

Joseph a dû avertir madame?

HÉLÈNE.

Joseph!... je ne l'ai pas vu... mais pourquoi devait-il m'avertir?...

LA DOMESTIQUE.

Parce que madame Latrade, tantôt, en promenade vers Boussac, s'est sentie faible et indisposée; elle est entrée au château, et elle y est restée. C'est de là qu'elle a fait prévenir madame d'Albert.

HÉLÈNE.

Je cours à Boussac, alors!...

LA DOMESTIQUE.

Mais il y a plus d'une heure d'ici à Boussac.

HÉLÈNE.

Avec la voiture...

LA DOMESTIQUE.

La voiture est repartie!...

HÉLÈNE.

Repartie!... Déjà!... Pourquoi donc?...

LA DOMESTIQUE.

Je ne sais pas, madame. Le cocher a pensé sans doute que madame resterait ici...

HÉLÈNE.

Mais la voiture de ma mère?...

LA DOMESTIQUE.

Elle est encore à Boussac, madame.

HÉLÈNE.

Courez après celle qui m'a amenée alors; appelez, criez, faites des signaux! qu'on revienne me prendre!... Allez donc!...

LA DOMESTIQUE.

J'y vais, madame!...

Elle va pour sortir, tenant toujours le flambeau à la main.

HÉLÈNE.

Laissez-moi donc la lumière!...

LA DOMESTIQUE.

Pardon!...

Elle pose le flambeau sur la commode et sort. Le clair de lune a cessé.

HÉLÈNE, seule.

Ah! je ne sais de quoi j'ai peur; mais cette obscurité dans le silence, cette solitude... et ma mère qui souffre loin de moi, peut-être... Pourquoi Jacques n'est-il pas ici?... Je me sens troublée jusqu'au fond de moi-même...

LA DOMESTIQUE, rentrant.

Madame, la voiture est déjà très-loin; il m'a semblé qu'elle allait un train d'enfer!...

HÉLÈNE.

Allons!... j'irai à pied!... vous viendrez avec moi...

LA DOMESTIQUE.

Oh! madame, deux femmes seules sur les routes pour aller si loin... Il fait encore nuit!...

HÉLÈNE.

Joseph me conduira...

LA DOMESTIQUE.

Joseph n'est pas de retour, madame...

HÉLÈNE.

Et le jardinier?...

LA DOMESTIQUE.

Il est couché...

HÉLÈNE.

Allez l'éveiller, vite!... Dites-lui que je le supplie de m'accompagner.

LA DOMESTIQUE, à elle-même.

Le jardinier... au bout du parc, il y a dix minutes... et la nuit...

HÉLÈNE.

Mais, allez donc!...

LA DOMESTIQUE.

J'y cours, et je reviens.

Elle sort.

SCÈNE III

HÉLÈNE, puis RAOUL.

HÉLÈNE. Elle a suivi la Domestique jusqu'à la porte de gauche; en rentrant dans la chambre, elle regarde autour d'elle.

Mais c'est ma chambre ici, où je ne suis jamais rentrée... Je ne veux pas y rester !... Je vais attendre au salon... que le jardinier... (Raoul paraît. Hélène, épouvantée.) Ah ! lui !...

Elle se précipite vers la porte d'entrée, mais Raoul l'y devance et lui barre le passage.

RAOUL

Ne me fuyez pas !...

HÉLÈNE.

Sortez, monsieur !...

RAOUL.

N'appelez pas !... au nom du ciel, n'appelez pas !...

HÉLÈNE.

Laissez-moi passer, ou bien...

RAOUL.

N'appelez pas, madame !... (Faisant un pas.) Hélène !..

HÉLÈNE, reculant du côté de la cheminée.

Si votre main m'effleure, je me brise la tête sur ce marbre !...

RAOUL.

Ne craignez rien !... je n'approcherai pas ! tenez ! me voilà à genoux, pleurant et suppliant ! Pitié ! pitié ! On ne refuse pas un pardon à ceux qui vont mourir, madame... je vais mourir... pardon !

HÉLÈNE, après une courte hésitation.

Non ! jamais.

RAOUL.

Oh ! je suis bien criminel, mais moins que vous ne le croyez peut-être !... quand j'ai appris que vous aviez perdu la raison !... vous ne savez pas l'âcre douleur que j'ai ressentie. N'ayant pu mourir, je voulus oublier. Je me plongeai dans les débauches les plus effrénées, jouant et buvant !.. ivresses inutiles... Je n'ai jamais pu trouver l'oubli, j'ai perdu la faculté de l'ivresse, mes remords ont tué mon sommeil et toutes les voix de ma conscience m'ont crié partout et sans relâche : « Hélène est folle ! » Tenez ! tenez, j'ai souffert plus que vous, madame, vous devriez bien me pardonner !...

HÉLÈNE.

Je pourrais vous pardonner mon malheur, je n'ai pas le droit de vous pardonner le malheur de Jacques...

RAOUL, se relevant.

Jacques ! mais il a toute une éternité à passer auprès de vous, lui ! Moi, je n'ai plus que quelques minutes, peut-être, à vous implorer là, et ce n'est pas de l'amour que j'attends, c'est de la miséricorde. !...

HÉLÈNE, brisée.

Eh ! bien... je demanderai à Dieu qu'il vous pardonne, mais si je vous pardonnais, moi, oh ! je me croirais indigne de l'amour de Jacques !

RAOUL.

Jacques !... encore !... toujours Jacques !... Ah ! je suis là, brisé, repentant, pleurant à vos pieds et vous me parlez de son amour !... Vous ai-je parlé du mien, moi ?... moi qui vous aime cependant !.. oui, je vous aime !...

SCÈNE IV

LES MÊMES, JACQUES. (Il est entré silencieusement. Aux derniers mots de Raoul, il jette entre Hélène et lui les épées qu'il tenait à la main.)

HÉLÈNE.

Ah !...

Elle tombe évanouie sur le prie-Dieu.

RAOUL.

Jacques !...

JACQUES.

Évanouie !... (Très-calme.) Oui Jacques !... Jacques qui sait tout, tout jusqu'à ta dernière lâcheté !... La dernière, entends-tu ?... car tu vas mourir...

Il prend une épée et montre à Raoul celle qu'il a laissée à terre.

RAOUL.

Vous savez bien que je ne peux pas me battre avec vous.

JACQUES.

Tu ne peux pas te battre avec moi ! (Il soufflète Raoul.)

RAOUL, prenant l'épée en rugissant.

Ah ! (S'arrêtant.) Mais avant... à mon tour de faire rougir ton visage. Jacques... cette femme évanouie... rien ne peut faire qu'elle m'oublie !... tu peux me tuer !... un jour peut-être elle me plaindra.

JACQUES, avec un cri terrible.

Ah ! démon ! qu'as-tu dit là ?...

Ils se mettent en garde. Les fers se croisent. Le combat commence.

RAIMOND, au dehors.

Monsieur d'Albert ?... êtes-vous là ?... faites ouvrir.....

DE BRIVES, de même.

Viens, Raimond. Par ici, suis-moi..

RAIMOND, de même.

Me voici, mon père...

Le combat a continué. Hélène, qui reprend peu à peu ses sens, regarde les combattants avec épouvante.

JACQUES.

Hélène ! Comme elle nous regarde... pour qui tremble-t-elle ? aurait-il dit vrai le démon ?... (Il est désarmé.)

RAOUL, bondissant.

Ah ! je vais donc pouvoir choisir la place où je frapperai...

HÉLÈNE, ramassant l'épée tombée.

Tiens ! Jacques, tue-le...

JACQUES, avec joie.

Elle m'aime !... (Le tuant.) Meurs donc... (Raoul va tomber contre le lit. Jacques prenant les papiers et allant les allumer au flambeau.) Raoul, je voulais votre mort. Je ne veux pas le déshonneur de votre famille...

RAOUL, se soulevant.

Ces papiers ?...

JACQUES.

Ce sont les faux que vous avez signés...

RAOUL.

Ah !

Il meurt. — On ébranle la porte. Jacques va ouvrir.

SCÈNE V

LES MÊMES, DE BRIVES, RAIMOND.

JACQUES, à de Brives qui paraît le premier très-grave et très-digne.

Monsieur, vous êtes magistrat... (Montrant Raoul.) Cet homme s'est introduit la nuit chez moi, dans cette chambre, pour me déshonorer... Je l'ai tué... était-ce mon droit ?...

Il jette son épée aux pieds de monsieur de Brives, Raimond a ramassé celle de Raoul.

DE BRIVES, d'un ton profond, après un silence ému pendant lequel il a regardé Raoul et les épées.

C'était votre droit, monsieur...

Il regarde le cadavre, se cache le visage dans ses mains et pleure. Jacques prend Hélène dans ses bras. Raimond tombe à genoux près de son frère.

FIN.

Paris. — Typ. Morris et Comp., rue Amelot, 64.

www.ingramcontent.com/pod-product-compliance
Ingram Content Group UK Ltd.
Pitfield, Milton Keynes, MK11 3LW, UK
UKHW021038200726
13857UKWH00005B/1790

9 782013 051095